Historia Sobrenaturales

Por Mark Wilkins

Un libro de la serie Narrador

Contenido

La cruda más larga

Se levantó de la cama con dolor de cabeza. Su visión era borrosa. Una neblina roja filtro todo lo que podía ver. Debe haber sido una súper diversión la fiesta a la que fue la última noche. Ella había sido alcohólica durante tantos años que ni se acordaba de la parte de cómo llegó a casa pero ella sintió el dolor de la cruda golpeando dentro de su cabeza como una discoteca.

Miró alrededor de la habitación. El armario estaba todavía allí. El espejo que cuelga sobre la cómoda no estaba roto. No había copas de champán o latas de cerveza esparcidos por el suelo. No vio ningún condón usado ni esparcido. Bueno. Al menos la fiesta no tuvo lugar en su dormitorio.

Luego echó un vistazo a su escritorio. Su computadora portátil estaba allí y estaba encendida. La lucha contra un dolor mordaz de un dolor de cabeza, fijo los ojos y se quedó mirándolo con fuerza, tratando de distinguir lo que estaba en pantalla. Fue en su página de Facebook. Qué extraño, pensó.

Ella fue tropezando hacia su escritorio. Ella estaba muy mareada. Ella se dejó caer en la silla de cuero de lujo al lado de su escritorio. Se quedó mirando la pantalla del ordenador. Se parecía a su página de Facebook. Su nombre estaba en él y todas las interfaces estaban allí. Algo, sin embargo, estaba muy mal. Después de unos cuantos minutos de mirando a la pantalla, se dio cuenta de lo que era. Todos sus 650 amigos de Facebook habían desaparecido!

Entonces, su concentración se vio interrumpida por el sonido inconfundible de un mensaje instantáneo. Se quedó mirando la pantalla. Apareció un mensaje. Que decía: "Hola, creo que te conocí en la escuela secundaria, creo que platicábamos mucho. Incluso llegué a ir a te casa una vez. "Barry.

Ella leyó el mensaje y trató de recordar si conocía a alguien llamado Barry. Con ese nombre no estaba familiarizada. Ella estaba a punto de mandar un nuevo mensaje para decirle que se había puesto en contacto con la persona equivocada, pero ella dio a su mensaje una última mirada. Esta vez la palabra "Preparatoria" prevaleció. Preparatoria, pensó, ¿conocía yo un Barry en la escuela preparatoria? Ella lo pensó por unos minutos.

Entonces recordó. Sí, había una Barry. Parecía que le gustaba ella. Era tímido y bastante mono. Ellos platicaban a veces. Es posible que haya ido a su casa una o dos veces. Ah, pero entonces él se involucró con las drogas pesadas. No pasó mucho tiempo después de eso que él desapareció de su vida social y unas semanas después desapareció por completo. Ella recuerda que una de sus amigas repetía un rumor acerca de él, que era... OH, sí, fue testigo de un asesinato y el supuestamente se dio a la fuga. De todos modos, nadie vio ni supo nada de él. ¿Podría haber salido de la ciudad y regresar de nuevo después de tantos años?

Ella respondió al recado de Barry: "Envíame una solicitud de amistad."

Un par de minutos más tarde, se dio cuenta de la solicitud de su amigo, vio que era de Barry y ella lo aprobó. Ella le envío un recado Barry.

"¿Qué te ha pasado?", Le envió un mensaje.

"Escuché un rumor de que tu fuiste testigo de un asesinato. ¿Dejaste la ciudad? ", Continuó.

"Tenía que.", Respondió. "Pero ahora estoy aquí." Continuó.

En ese momento, recibió otro recado. Fue de Billy. Billy era su novio después de que ella se graduó de la escuela preparatoria. Entró en el Ejército.

¿"Billy?" Ella respondió.

"Soy yo." Él respondió.

Esas dos palabras la golpearon como una bala en el corazón. Ella se congeló y empezó a llorar desconsoladamente. Ella recupero la compostura. Sus dedos frágiles, delgados temblaban mientras ella le envió un mensaje de regreso.

"Oí que moriste en el Medio Oriente." Ella escribió.

"No. Respondió. "Estaba perdido en el Medio Oriente, pero ahora me encuentro aquí.", Continuó.

Al leer las palabras, pensó que debía haber sido evacuado en un helicóptero médico y enviado a un hospital. Tal vez perdió una extremidad o estaba ciego y que se sentía incómodo cómo para ponerse en contacto con ella. Pobre Billy, pensó. Pensando en él era más de lo que podía soportar.

"Mi madre me está llamando." Ella envió un mensaje. "Me tengo que ir. Ten cuidado. ", Continuó.

Se sentía culpable por usar a su madre como una excusa. Ella sabía que no había hablado con Billy en unos 10 años y sabía que no había manera de que él supiera que su madre había muerto hace tres años. Mientras miraba a la pantalla de la computadora, su mente comenzó a vagar y ella comenzó a recordar los buenos momentos que ella y Billy habían compartido. Pronto, ella estaba completamente perdida en sus recuerdos de Billy. Se sentó allí, recordando con nostalgia y pareció que pasaron horas. Luego alzó la vista. Hubo 35 nuevas solicitudes de amistad en su página de Facebook!

Ella comenzó a mirar hacia abajo en toda la lista. Había gente con la que solía trabajar. Algunos compañeros de clase de la preparatoria y de la universidad. Ella recibió uno de un maestro que tuvo en la escuela primaria. Incluso recibió uno de su antiguo cartero y un chico con el que salio cuando tenía 22 años.

Se preguntó por qué se estaba comunicando de repente toda esta gente que no había hablado en años. Cuanto más lo pensaba, más se daba ganas de encontrar a sus amigos actuales, los amigos 650 que de repente desaparecieron. Era de su madre.

Ella hizo clic se abrió t se leía: "Bienvenida a casa querida. Madre."

Como lo leyó, se sintió mareada y enferma. Se dio la vuelta, se levantó y se tambaleó hacia su cama. Al acercarse, vio que alguien ya estaba acostado en su cama! Entonces recordó. No hubo fiesta de anoche. No hubo cruda. Ella fue a la cama con un fuerte dolor de cabeza. Ella debe haber muerto en su sueño. Se dio cuenta de que todos los nuevos amigos en su Facebook debían haber muerto también.

Jimmy

Brad tuvo una semana mala. Él perdió a su mejor amigo y vecino. Era el primer día de Brad en la escuela y su mejor amigo Rob también entró con él a la escuela. Rob era un año mayor y conocía el camino. Brad iba junto con Rob en el camino a la escuela. Cuando la jornada escolar había terminado, Brad pensó que conocía el camino, a pesar de que no había ido a esa escuela antes. Insistió en caminar por una calle en particular. Rob, a pesar de que conocía el camino, tenía una voluntad débil y dejó que Brad lo convenciera para ir por esa calle. Cuatro horas y un paseo en un coche de policía más tarde, Brad demostró que se había equivocado.

Después de caminar cuatro millas en la dirección equivocada, los dos llegaron con un policía que los llevo a casa cuando le dijeron que estaban perdidos. Fue algo bueno que Rob supiera la dirección de Brad porque había estado viviendo en esta casa de crianza por sólo dos meses y no tenía idea de la dirección. El policía sabía quienes eran en realidad los dos niños porque sus padres habían llamado a la estación de policía para informar estaban desaparecidos después de que tenían dos horas de retraso.

Cuando llegaron a casa, sintieron alivio los padres tanto de Rob y padres adoptivos de Brad. Los padres de crianza de Brad estaban simplemente felices que Brad estaba con vida, pero el padre de Rob estaba muy enojado. Le dijo a Brad que nunca fuera a su casa otra vez. Le dijo a Rob que nunca volviera a jugar con Brad de nuevo y ni siquiera volviera a hablar con él. Dio una última advertencia a Rob: Que en ningún caso no podía él volver a caminar desde la casa a la escuela con Brad.

Durante la semana siguiente, la madre adoptiva de Brad hizo que Brad siguiera su coche mientras conducía lentamente hacia y de regreso de su escuela. Después, lo siguió a la escuela para asegurar que conocía la ruta. Pasó la mitad del día de próximo sábado caminando hacia la escuela y de regreso en cinco ocasiones. Se fue a la cama temprano esa noche, no porque él estaba castigado, sino porque estaba cansado.

A la semana siguiente, Brad camino a la escuela por sí mismo. Rob se aseguró de irse mucho antes de que Brad lo hiciera para que pudiera evitar la incomodidad de tener que verlo en la calle. A pesar del hecho de que estaban en diferentes clases, Brad veía a Rob en la escuela todos los días durante el almuerzo. Intentó saludar a Rob una vez, pero el sólo veía para otra dirección.

El padre de uno de los niños en la clase de Brad trabajó para el departamento de policía. Le contó a su hijo la historia de los dos niños perdidos. Ese muchacho les contó la historia a los otros niños en la clase de Brad. Pronto Brad era conocido como "El Niño Perdido". Los otros niños en la escuela lo rechazaron después de eso.

En las próximas semanas, Brad se dirigió a la escuela solo. Comía el almuerzo solo. Se iba a su casa y se sentaba en la soledad. No tenía amigos. Los otros niños ni siquiera querían hablar con él, excepto cuando lo llamaban Niño Perdido.

Entonces, un día, cuando caminaba a la escuela. Se sentía especialmente triste y solitario. Al pasar junto a Calle Church, que estaba a mitad de camino de su escuela, escuchó a alguien caminando detrás de él. Asustado, camino un poco más rápido. Los pasos detrás de él comenzaron a caminar más rápido. Brad empuño su mano y se dio la vuelta rápidamente listo para golpear a alguien. Cuando se dio la vuelta, vio a un chico de su edad, vestido con un overol azul de mezclilla desteñido.

"¿Me estás siguiendo?", Preguntó Brad.

"No", dijo el niño. Yo sólo voy a la escuela".

"OH", respondió Brad.

"¿Puedo caminar con contigo?", Preguntó el niño.

"Claro." Dijo Brad.

"Mi nombre es Jimmy.", Dijo el niño.

"Soy Brad." Respondió Brad.

Se dirigieron a pocas cuadras en silencio. Entonces Jimmy comenzó a hablar.

"Soy nuevo por aquí." Dijo Jimmy. "¿Puedes mostrarme los alrededores? Todo es tan diferente a lo que yo estoy acostumbrado. "Continuó.

Brad miró la ropa de Jimmy. Su overol de mezclilla estaba desteñido y sus zapatos negros parecían anticuados. Iba a decir algo a Jimmy al respecto, pero que no quería ser grosero. No quería perder la oportunidad de tener al menos un amigo. "Yo también soy nuevo por aquí." Respondió Brad. "Pero eso sí, te puedo mostrar los alrededores." Continuó.

Continuaron caminando. Cuando Brad y Jimmy llegaron a la escuela, Brad mostró Jimmy alrededor.

¿"Que maestro tienes?", Preguntó Jimmy.

"La vieja Señora Hubbard." Respondió Brad.

"Cuando yo asistí a la escuela había una señorita Hubbard pero ella era joven y bonita y todos los niños estaba enamorados en ella." Dijo Jimmy recordando el pasado.

"Bueno, nuestra señorita Hubbard ha estado enseñando aquí durante 43 años. Es difícil creer que nadie en su sano juicio podría estar enamorado de ella. "Respondió Brad.

Brad y Jimmy pasaron todos los días juntos. Mientras que Brad le dio Jimmy su opinión sobre muchos de los estudiantes en su clase nunca se los presentó a Jimmy a ellos porque él realmente no los conocía bien y en realidad no hablaban con él.

Caminaron juntos después de la escuela. Cuando llegaron a la calle Church, Jimmy se despidió y subió por la calle. Brad siguió caminando a casa. Cuando Brad llegó a casa, le dijo a su madre adoptiva todo acerca de su nuevo amigo. Estaba tan emocionado de tener un amigo. Cuando el le contó sobre su ropa, ella le dijo que tal vez era pobre y que no debería nunca le preguntar acerca de su ropa porque lo podría avergonzar. Brad no podía esperar para ir a la escuela al día siguiente.

Durante el mes siguiente, Brad y Jimmy caminaban a la escuela juntos todos los días. Todos los días, sin falta, Jimmy estaba esperando a Brad en la esquina de la calle Church. Cada día, Jimmy se sentó junto a Brad en clase, se sentó junto a él durante el almuerzo y junto a él durante el período de educación física.

A la hora del almuerzo y el período de educación física tuvieron un montón de tiempo para platicar. Jimmy nunca comía el almuerzo. Él siempre decía que había comido un gran desayuno. Así que se sentaba y hablaba. Durante el período de educación física nadie escogía a el "Niño Perdido", Brad, para su equipo por lo que pasó mucho tiempo en la banca hablando con Jimmy.

Brad le dijo a Jimmy acerca de su hogar temporal. Le habló de Rob y lo divertido que era cuando jugaban. Le dijo a Jimmy acerca el momento en que se perdieron y lo que el padre de Rob había dicho. Jimmy le platico a Brad acerca de su vida. Dijo que no tenía una computadora o un teléfono celular en su casa. Dijo que su madre siempre lo llamaba su "pequeño ángel". Ella dijo que fue enviado desde el cielo para traer alegría al mundo. Brad le gusto la forma en que Jimmy pronunciaba la palabra "a menudo" con cierto acento. Todos los otros niños pronuncian a menudo, Jimmy era el mejor así que el se ganaba un Diez.

Un día, durante el período de educación física, mientras que Brad y Jimmy estaban sentados en la banca lejos de los demás y platicando, los compañeros de Brad estaban escogiendo los miembros del equipo para un juego de béisbol. Se dieron cuenta de que estaban cortos por un jugador. Uno de los compañeros de equipo de Brad gritó a Brad.

"Hey, Niño perdido!" Gritó.

Brad lo ignoro. Gritó de nuevo.

"Hey, Muchacho perdido! ¡Brad! ¿Quieres jugar en nuestro equipo? "Él gritó.

"¿Puede jugar también Jimmy?", Respondió Brad.

"¿Quién?", Respondió el muchacho desconcertado sin habla.

"Jimmy!", Dijo Brad cuando se volvió para mirar a Jimmy. Jimmy no estaba allí!

Brad miró hacia el bungalow donde estaba su clase. El vio correr a Jimmy hacia él. Brad fue detrás de Jimmy. Jimmy corrió más allá del bungalow hacia el edificio principal. Brad lo siguió de cerca iba 50 yardas detrás de él. Jimmy corrió por delante del edificio principal, saltó la valla y corrió a la calle. Brad lo siguió. Jimmy corrió tres cuadras más y Brad se quedó atrás. Después de otro par de cuadras, Brad iba 100 yardas detrás de Jimmy. Todo el tiempo corría, seguía gritando para que Jimmy volviera. Jimmy nunca se detuvo.

Entonces Jimmy dio vuelta en la calle Church. Brad lo siguió iba jadeando y sin respiración como a 75 yardas detrás de él. Entonces Brad apareció en la calle Church. No podía ver ninguna casa, por los altos arbustos. Pasó dos cuadras y escuchó el cierre de una puerta de metal. Corrió a la puerta y entró en lo que él pensaba que era el jardín de alguien. Se sorprendió al ver que estaba en un cementerio.

De repente, vio a Jimmy corriendo por alguna sepultura. Empezó a correr tras él. Jimmy corrió detrás de un árbol y desapareció. Brad pensó que tal Jimmy se ocultaba detrás del árbol. Él pensó que Jimmy estaba muy molesto o exaltado. Así que comenzó a caminar lentamente hacia la sepultura.

"Jimmy, ¿por qué huiste?", Dijo. "Todo irá bien, puedes hablar conmigo". Concluyó.

Cuando llegó al árbol Brad se asomó detrás de él. Nadie estaba allí. A entonces, un leve brillo del sol de algo metálico en una de las tumbas le llamó la atención. Se acercó a la tumba. Tenía una lápida con un marco de metal incrustado en él. El vidrio en el marco estaba sucio. Brad lo limpió con la manga de la camisa. Vio una vieja fotografía de un niño pequeño en overoles. La lápida decía:

Jimmy Apple

"Nuestro pequeño ángel"

Descansa en paz

Brad se quedó allí y lloró. Estaba triste por este niño que había muerto unos treinta ocho años antes. Estaba triste porque un niño tenía que morir y triste porque sabía que su amigo nunca volvería.

Él no volvió a la escuela por unos días. Cuando lo hizo, llegó temprano y pregunto a la señorita Hubbard si conocía a un chico llamado Jimmy Apple. Con una lágrima en sus ojos, ella le dijo que si. Luego agarro un álbum de recortes del cajón de su escritorio. Había fotos y cartas y recortes de periódicos sobre sus antiguos alumnos. Algunos llegaron a ser hombres grandes de negocios. Otros se convirtieron en médicos o maestros como ella. Otro se convirtió en un juez y otra estaba trabajando para el Ayuntamiento.

Luego dio la vuelta a una página en la parte posterior del libro. Hubo un solo recorte de periódico. El titular decía "Niño perdido encontrado". Se contó la historia de un niño llamado Jimmy Apple, que se había perdido en un campamento en una zona boscosa. Se habló de una extensa búsqueda, paso un año en misterio y cómo se encontraron sus restos óseos en el fondo de un barranco de 300 pies de altura un poco más allá de un año después de haber desaparecido.

"Jimmy Apple fue mi estudiante no mucho después de que empecé a enseñar aquí. "Dijo la señorita Hubbard. "A pesar de que los otros estudiantes no lo recuerdan y hace tiempo que la escuela se ha olvidado de él, yo nunca lo olvide. Pienso en él a menudo", continuó.

"¿Quieres decir El perfecto diez." Respondió Brad.

Una mirada sorprendida apareció en el rostro de la señorita Hubbard, entonces, momentáneamente se vio en un resplandor, que hacía que sus ojos parecieran tener el brillo de la juventud.

"Sí, el perfecto diez." Dijo ella recordando el pasado. "Es tan extraño, que lo digas igual que el lo hizo hace tantos años. ¿Tienes alguna relación con él? ", Preguntó ella.

"Algo así", dijo Brad. "Estaba perdido una vez también, pero creo que he encontrado mi camino ahora".

La muerte y yo

La muerte me visitó
A pesar de que sólo estuvo un tiempo corto
Ella no se quedó
Tampoco me llevo
He encontrado su presencia ser bastante agradable
En realidad sensación de libertad
Se comprometió a volver de nuevo algún día
Y me llavera con ella
Desde esos años que han transcurrido
La he visto visitar
Amigos y parientes y vecinos
Los lleva con ella
A veces, nuestros ojos se encuentran
Y nosotros asentamos la cabeza el uno con el otro
De una manera respetuosa
Al igual que aquellos que están familiarizados con
los demás
Sé que un día va a volver
Me llevara con ella
Pero no tengo miedo
Estoy familiarizado con la muerte
Y sabe que no hay nada que temerle

Un trozo de carbón

Herman Braun era un hombre hecho y derecho. Al menos, eso es lo que fue la percepción de la gente. Nacido el año en que comenzó la Primera Guerra Mundial, el ascenso de Braun coincidía con el surgimiento de la propia Europa. La verdad era, Herman Braun comenzó su vida como Albert Schnizzel. El hijo de un rico mercader y magnate. Su padre era dueño de una flota de 150 buques petroleros. Trasladó aceite en todo el mundo e hizo grandes ganancias.

Albert era la niña de los ojos de su madre. Ella le compró todo lo que quería. Ella le daba de comer lo que quisiera. A los nueve años era un lechón pequeño regordete con un cerdo con las mismas características de la nariz y de la grasa. Los padres de Albert murieron en un accidente de coche, cuando su coche perdió el control al bajar la montaña su mansión, Eagles Nest la mansión quedo en la cima. A los nueve años de edad Albert fue enviado a vivir con la familia del hermano de su madre, el conductor del tren de clase media, Balthezar Goonabi.

Su primera Navidad en el hogar Goonabi resultó ser sombría. En lugar de obtener el tipo de juguetes con los que de su madre le consentía, le pusieron un trapo anudado con un carbón en su bota de Navidad. Aunque el Goonabi afirmo que habían puesto a ese regalo en su bota y que no tenía idea de quién podría haber reemplazado su regalo con el carbón, Albert sabía que lo habían hecho por despecho de quién en realidad seria, un millonario en el futuro.

Albert se levantó y salió de la casa antes del amanecer para caminar las 3 millas a su escuela. En su camino, pasó viendo comerciantes que habrían sus tiendas, repartidores, vendedores ambulantes y vagabundos. Él conocía la cara de todos porque pasaba por ahí cinco días a la semana. Al pasar cerca del mercado de la carne, vio a un extraño anciano tirado en la cuneta. Era alto, flaco, calvo y tenía una barba larga, escasa. Estaba vestido con pantalones de trabajo y una camiseta blanca, ennegrecida por la suciedad, la suciedad y el hollín. Mientras se acercaba, el hombre dijo: "Sé lo que hiciste!" Albert se dio cuenta de que el hombre tenía los dientes podridos.

Albert trató de caminar rápido para pasar al hombre, pero al pasar, el hombre lo agarró del tobillo. Albert se congeló del horror. El hombre habló.

"Yo sé lo que hiciste y por eso es que tienes un trozo de carbón en tu bota." Dijo en voz escarpada. Tubo demasiado miedo para mirar hacia el hombre, Albert trató de zafarse a sí mismo para librarse, pero entre más pataleaba, el hombre los agarraba con firmeza.

"Dentro de unos años, se te entregará otro trozo de carbón para la Navidad y cuando esto pase, voy a venir por ti." Dijo.

Albert trató de patalear más fuerte la librarse pero le fue aún más difícil. Empezó a gritar. La gente en la calle llegó corriendo hacia él.

"¿Qué te pasa? "Un hombre dijo.

"Ese viejo feo no me deja ir!", Respondió Albert.

"¿Qué viejo?", Preguntó el hombre.

Albert miró hacia abajo sólo para ver que su pie quedó atrapado en una mala hierba con mucha vegetación.

Su cara se puso roja de vergüenza mientras miraba al hombre. Él dio una patada y se soltó de la mala hierba y echó a correr. Mientras corría, el viento empezó a silbar en su oído. Juró que oyó la voz del anciano diciendo "Voy a venir por tiiiiiiii!"

Albert se preguntó si lo que había visto y sentido. ¿Fue real? ¿Era una ilusión? No estaba seguro. ¿Y cómo el quien fuera que sea conocía su secreto? ¿Era realmente el, el que puso el trozo de carbón en su bota o era un reflejo de su conciencia culpable?

El miedo que sentía no se debía a que el anciano era un extraño. No fue porque el anciano le agarró el tobillo. Fue porque el viejo parecía saber su secreto. Era un secreto que había mantenido oculto durante meses y que mantendría oculto durante años. Él había matado a sus padres.

Desde una edad temprana Albert siempre estuvo fascinado con las máquinas y la forma en que trabajaban. Cuando tenía sólo cuatro años de edad, su padre lo llevó en un recorrido por uno de sus buques petroleros. Cuando fueron a la sala de máquinas, Albert sentó embelesado viendo el trabajo del motor. Al poco tiempo, en vez de pedir el tipo de juguetes de otros niños pedían, Albert pidió máquinas pequeñas. Tomó las máquinas las desarmo y luego las volvió a unir.

Cuando tenía seis años, Albert comenzó viendo como el mecánico trabajaba en los coches de su padre. Él ayudaba a veces, entregándole las herramientas al hombre. En el momento en que tenía ocho años, podría desarmar un motor de coche entero y ponerlo de nuevo junto.

Albert se enfrascó tanto con máquinas que dejó que sus estudios se atrasaran. Su padre lo encerró en su habitación cada noche hasta que hacia su tarea. En el momento en que terminaba, el mecánico de su padre se había ido a casa. El odio de que se le mantuviera alejado de las máquinas, Albert escapó de su habitación una noche se fue al garaje de su padre y cortó la línea de freno en el coche de su padre tenía que tomar en un viaje de negocios al día siguiente. Cuando su padre decidió utilizarlo más tarde esa noche para llevar a la madre de Albert a un juego, ambos murieron en el accidente que resultó ser la culpa de Albert.

Albert sufrió durante años la intimidación en las escuelas de clase media, mientras que la compañía de su padre era dirigida por su Consejo de Administración. Fue a un colegio público y se especializó en finanzas. Cuando Albert cumplió 21 años, heredó la empresa. La habían trabajado bien se duplicó en tamaño y de poder dentro del sector petrolero. Albert no quería estar en el negocio del buque de petróleo, por lo que de inmediato vendió la compañía a su Consejo de Administración por mil millones de dólares, mucho menos de lo que valía.

Ante el temor de que la gente tratara de robar el dinero de él, Albert se escondió por tres años bajo el nombre de Heinrich Bulger. Durante este tiempo viajó por el mundo sin escalas y disfrutando de los mejores servicios que cada continente podía ofrecer. Heinrich hizo todo lo que quiso, se divirtió y rompió muchos corazones de muchas chicas.

Él apareció en Viena en 1938 como un rico comerciante de arte Franz Frunk. Hizo una buena inversión en la compra y venta de obras de arte robadas por los nazis. Como la 2ª Guerra Mundial llegaba a su fin, se aburrió de eso y volvió aparecer en Suiza como inventor Karl Loganfuhr. Invento coches que tenían algunos avances que eran años más adelantados que su tiempo. Loganfuhr construyó los coches por sí mismo y, aunque era una alegría le tomaba mucho de su tiempo y lo dejó entre el coche 35 y 36.

Herman Braun surgió en Bélgica a mediados de la década de 1950 como un desarrollador de bienes raíces y el contratista. Él construyó propiedades comerciales y de alquiler en toda Europa. Él se dio a conocer porque pagaba a los funcionarios públicos para que desalojaran a las familias pobres de sus propiedades de primera y entonces las compraba y reconstruía todo un barrio por lo que se veía mas atractivo para las familias de clase media alta. Nunca tuvo ni un segundo pensamiento acerca de lo sucedido a las personas que él desplazadas.

Fue en este momento que se casó y tuvo hijos. No tanto por amor o deseo de la familia sino como un deber para prolongar su legado. Tuvo 6 hijos, todos ellos varones. Albert, el más grande nació en 1957. Herman, nació en 1961. Los gemelos Karl y Carl nacieron en 1965. Franz nació en 1971 y Heinrich, el más joven nació en 1975. Herman enseño a cada uno de ellos el negocio. A medida que se expandió, puso un diferente cargo de una sección diferente del mundo.

Por sociedad de Braun de la década de 1970 se había extendido sus poderosos tentáculos en el Medio Oriente y África. Por las propiedades Braun International opción añadida de 1980 en Asia a su cartera. En la década de 1990 América del Sur y Australia cayeron bajo su control. Para el año 2000, América se dejó influir en la sumisión con el aumento del valor del euro. En 1980, Albert y Herman se les dio el control de las operaciones de Braun internacionales en Europa y Asia. En 1989, los gemelos se les dieron el control de América del Sur, África y Medio Oriente. En 1993 Franz se le dio el control de Australia. En 2000, Heinrich se le dio el control de las operaciones en América del Norte.

En 2017, 103 años de edad, Herman Braun estaba todavía en semi-retirado. Su cara estaba arrugada, su cuerpo estaba marchito, pero su mente aún era aguda y su visión también para Braun Internacional estaba competente. Él todavía tenía algo que decir en las operaciones y la planificación global. Dejó que sus hijos a hicieran el trabajo. Por esta vez sus hijos tenían todos casados y tenían hijos. Algunos incluso tenían nietos. En 2016 compró y reconstruyo Eagles Nest, el hogar de su infancia. En noviembre de 2017, se trasladó a Eagles Nest. Llamó a toda su familia para que vinieran a Eagles Nest a pasar la Navidad y estuvieran todos juntos. A pesar de que hubo una tormenta, todos vinieron a pasar la Navidad con Herman.

En la víspera de Navidad, después de una gran fiesta preparada por el personal de la cocina de Herman, la familia se dispuso a abrir sus regalos. Bisnietos de Herman fueron ataviados con los juguetes y aparatos electrónicos de todo tipo. Sus nietos se recibieron todos coches deportivos. Sus hijos y sus esposas todos recibieron cartas negras con diez millones de dólares sin límite de gasto en ellas.

El propio Herman recibió todo tipo de regalos, desde un Iphone, a un nuevo lap-top portátil, una pijama y pantuflas, que inmediatamente se puso. Su bisnieta favorita, de seis años Murtha, le dio una imagen dibujada mano de Santa Clause con las palabras "Usted es el de Santa en todas nuestras vidas." El dibujo realmente tocó el débil corazón de lo que quedaba de Herman. Entonces vio un regalo envuelto simple sin ningún adorno. Miró a Murtha. "¿Es de verdad?", Preguntó.

Murtha negó con la cabeza indicando que "no". Él le dio una sonrisa dudando de su sonrisa desenvolvió el paquete. Entonces, él lo abrió. Se dejó caer con una mirada de horror en su rostro. Dejó caer el regalo. Era un pedazo de carbón. Él sabía lo que significaba el regalo ya diferencia de cuando tenía nueve años de edad, ahora, es que a través de investigar, llego a saber de dónde venia.

Entonces, el anciano se echó hacia atrás en su sillón mientras empezaba a hablar. Su frente se arrugó cuando alzó la ceja izquierda.
"Hay una historia detrás de este regalo." Dijo.
Entonces le contó la historia.

Comenzó hace mucho tiempo, en lo que hoy se conoce como los Países Bajos, pero en aquel entonces se llamaba Holanda. Se inició con unos hermanos gemelos, diferentes como la noche y el día. Cuando eran jóvenes, no se podían distinguir físicamente, pero a medida que crecían las diferencias en su carácter empezaron a manifestarse así como las diferencias en su apariencia física.

Kris llegó a ser alto y delgado, e increíblemente fuerte. Tenía características agradables que coincida con su disposición. Siempre tenía una palabra amable para todo el mundo y se esforzaba para de ayudar a los pobres, los inválidos y los afligidos. En su juventud trabajó para la Compañía Holandesa de las Indias Orientales. Viajó por todo el mundo para encontrar cosas que podrían ser de interés para los europeos que buscaban algo diferente o único para darle sabor a sus vidas monótonas.

Kris se convirtió en un éxito. Se le consideraba un genio para la empresa y fue generosamente recompensado haciendo de él al instante un hombre rico. Abrió una tienda de regalos y negoció un acuerdo con la Compañía Holandesa de las Indias Orientales que le permitía obtener un porcentaje de las cosas que descubrió, eso en lugar de un salario. Su tienda de regalos se convirtió en el más popular en Europa lo que le hizo abrir otro y luego otro. Pronto tuvo 40 tiendas de regalos, y llego a tener por lo menos una tienda en cada ciudad importante en Europa.

El hermano gemelo de Kris Jack creció teniendo sobrepeso con facciones cruelmente retorcidas y distorsionadas que eran sus rasgos faciales. El concordaba con su físico todo en sus venas era crueldad. Le disgustaba las personas y disfrutaba ver a los animales pequeños e incluso las personas sufrir. Jack oía voces y veía personas que no estaban realmente allí. En nuestros días, llamamos a la gente como esta esquizofrénica.

Kris quería a su hermano, de hecho, sentía pena por él. Jack estaba demasiado enfermo como para hacer cualquier tipo de trabajo de manera Kris le consiguió y contrató para la Compañía de las Indias Orientales Holandesas. Jack también se convirtió en bueno para la adquisición de cosas para la empresa pero donde Kris los procuraba a ellos obteniendo negociaciones de ganar / ganar, Jack les adquiridos a través de medios inadecuados

Al igual que Kris, Jack se convirtió en un representante activo para la Compañía de las Indias Orientales Holandesas. Al igual que Kris, Jack fue generosamente recompensado y al igual que Kris, Jack guardo su dinero. Jack utilizó su dinero para comprar contrabando ilegal que a su vez venderlo a personas que estaban desesperados por obtenerlo. Consiguió opio para un cártel criminal en Marsella, Francia. Le suministro pólvora a un señor de la guerra en África Occidental. Se aseguró que hubiera pistolas y cañones en depósitos de todo el mundo. La sangre de miles y miles estaba en sus manos, pero todo lo que podía ver eran las ganancias.

Sus vidas corrieron su curso y los dos se convirtieron en un gran éxito. Ya que ambos prosperaron tanto que atrajo a una multitud de gente diferente. Kris se convirtió en un diácono en su iglesia y un pilar de su comunidad. Él donó grandes sumas de dinero a la caridad y se fue a los sectores pobres de diferentes comunidades cada Navidad y entregó regalos a los niños. La gente incluso comenzó a escribirle e indicarle qué clase de regalo querían sus hijos y Kris siempre se aseguraba de que alguien se presentara en la puerta de la casa en la Navidad con el regalo personalizado. Cuando Kris murió, a la edad de 68 años, diez mil personas asistieron a su funeral.

Jack, por el contrario, atrajo a una multitud aproximada de vagabundos, sinvergüenzas y ladrones. Los usó y los necesitaba en sus asuntos de negocios. Se convirtieron en sus amigos. Cuanto más rico era, el más codicioso se volvía. Ellos finalmente fueron estafados con sus ahorros de toda la vida. Murió de sífilis, y del hambre en la cuneta de una carretera oscura y sucia en una ciudad europea a la edad de 47. Su esquelético y descarnado cuerpo fue arrojado en una fosa común.

Al igual que los hermanos tomaron caminos separados en la vida, también lo hicieron tomando caminos separados en la muerte. Conmovido por todas sus obras de bondad que hizo en su vida, Dios resucitó a Kris y lo envió al Polo Norte. Apareciendo con la misma altura de como había vivido en su vida, él aparecería en vestiduras reales de rojas y entregar regalos no sólo a los niños pobres, pero a los niños buenos de todo el mundo.

Intrigado por todas sus malas obras, Satanás tenía planes para Jack. Cada Navidad, Jack, vestido y apareciendo como estaba en el día de su muerte, fue enviado a visitar a los niños terribles, los que hicieron algo tan malo, que no podían ser perdonados. Les ponía un trozo de carbón en su bota de Navidad y, en algún momento en el futuro, volvería para tomar su vida, su alma y llevarlos al hogar de Satanás.

"Me dieron mi primer trozo de carbón en esta misma habitación cuando tenía seis años." Dijo el anciano. "Cambié mi nombre y mi identidad varias veces en mi vida y supuse que nunca podría encontrarme, pero ahora estoy aquí y sé que él viene por mí." Continuó.

¿"Pero que podrías haber hecho abuelo?", Preguntó Murtha.

Antes de que pudiera responder un rayo cayó en la chimenea y las luces se apagaron. Toda la familia escuchó al hombre que conocían como Herman Braun dejó escapar un grito espeluznante cuando escucharon un ruido en la chimenea. Entonces las luces se encendieron. Herman había desaparecido. La única prueba de que había estado allí era un par de pantuflas esparcidas cerca de la chimenea. Heinrich miro hacia la chimenea sólo para ser empapado por gotas de sangre. Pronto una cascada de sangre salio por la chimenea hasta el suelo.

En algún lugar en el infierno, Satanás dio la bienvenida a su nueva adquisición.

Segador Blues

CORO
Me llaman el segador
Los hago recoger lo que cosechan
Me llaman el segador
Los hago recoger lo que cosechan
No es fácil ser el segador
O saber todas las cosas que el sabe

VERSO 1
El ve en la oscuridad
En los corazones de los hombres
Conoce todos sus secretos sucios
Y todas las cosas que hicieron

Él viaja a través de su oscuridad
Y trabaja para arreglar las cosas
Tratan de huir
Pero nunca escapan
El los hace desaparecer en la noche
Ellos lo llaman El segador
Verso 2
Recuerdo a la señorita de Sally
Se casó con un hombre rico

Nunca quiso ayudar a nadie
Ella trató la gente como basura
Eso fue hace muchos años
Sally hizo débil y envejeció
Su marido la dejó
No tenía amigos
Murió en la ruina y sola
Ellos lo llaman El segador

Verso 3
Déjeme contarte sobre el Sr. Jimmy
El viajó por todo el mundo
El tenía una mujer diferente
En cada parte de la ciudad
Una cosa sobre el Sr. Jimmy
El tenía una esposa celosa
Su infiel corazón
Fue desgarrado
Cuando su escopeta le quitó la vida
Ellos lo llaman El segador

Un fantasma en la casa

Juan y José eran hermanos. Juan tenía nueve años y José, su hermano menor tenía cinco años. En la noche antes de Halloween, después de que puso a José en la cama, Juan se fue a la cocina y trabajó para embellecer sus zapatos con símbolos de miedo para que pudiera usarlos como parte de su traje de zombi en el concurso de Halloween de disfraces en la escuela al día siguiente. Juan compró un paquete de etiquetas engomadas espeluznantes en la papelería el día anterior.

Juan miró sus zapatos. Sonrió porque pensaba que los zapatos parecían especialmente originales. Sus pensamientos fueron interrumpidos por un sonido, "Booooo!" Aulló por el pasillo. Juan se quedó en el pasillo pero no pudo ver nada. Después de un minuto, volvió a mirar a sus zapatos.

¡"BOOOOOOOO !!!!" Llegó un aullido, esta vez justo fuera de la cocina. Esta vez Juan dejó lo que estaba haciendo y se dirigió hacia el umbral de la cocina para investigar de donde venia el sonido. No vio nada sospechoso. Empezó a sentir un poco de miedo.

Se acercó al fregadero y llenó un vaso con agua fría. A continuación, un sonido venía de detrás de él. ¡"BBOOOOOOOOOOOOOOOOOOOOOO!!!!" Juan se dio la vuelta de repente y vio parte de la tela de los pijamas de José en un armario inferior con la puerta entreabierta. Juan encontró la solución al enigma de quién o qué estaba haciendo los sonidos de ¡Boooo!. Él decidió negociar con el "fantasma".

"El que está haciendo esos sonidos... Te voy a dar una barra de chocolate para que se detenga." Dijo. Entonces todo quedó en silencio. Dos minutos pasaron. Entonces José abrió la puerta del armario y salió. "Te he abucheado." Él dijo, añadiendo el sufijo cheado a la palabra boo. "Ahora puedes darme que mi chocolate?", Preguntó José.

"Claro", dijo Juan.

Y los chicos se sentaron juntos comer la barra de chocolate.

El dinero de caníbal

Hal había tenido un gran día hasta ahora. Él hizo un total de $ 63,000 en tres horas. Un timador para el comercio, que se ganaba la vida con el arte de la estafa. Él acababa de conseguir tres personas de la tercera edad para que dieran de su dinero a través de un esquema de inversión que le devolvería cinco dólares por cada dólar invertido dentro de los tres meses.

Les vendió las acciones privadas de Acciones para "favoritos" en Cacamente minas de oro de Perú. El más rico y nuevo descubrimiento de oro en los últimos 50 años. Se había puesto previamente de un sitio de Internet falso y la etiqueto y bloqueó fuera de ella para asegurarse de que cualquier persona que investigara conseguiría su sitio falso, información falsa y testimonios elogios falsos de personas de la tercera edad ficticios que habían invertido sus ahorros de su vida y que eran millonarios como resultado . Necesitamos decir que no había minas Cacamente.

El no escogía a personas de la tercera edad verdaderamente ricos. Porque ellos examinaban todas las posibles inversiones a través de abogados y detectives privados. Cualquiera de los cuales podría fácilmente descubrir que las inversiones de Hal no tenían ningún valor. Hal se había resignado a atrapar a los jubilados de clase media. Las personas que a menudo tenían menos de $ 25.000 para invertir. Hoy el consiguió $ 35.000 de una mujer en la Florida, $ 12,000 de un hombre en Colorado y
$16.000 de un criador de cerdos en Arkansas. Esto, junto con el dinero que había ganado en lo que iba de este mes, sus totales mensuales llegaron a $ 331.500.

Hal se había acostumbrado a vivir bien. Él era un caníbal para el dinero, engullendo los ahorros de vida de las personas mayores que se confiaban de el. Gastaba el dinero como si fuera agua, porque, en lo que a él respecta, así era. Se había dado cuenta de que él era como un grifo y el suministro sin fin de personas mayores crédulos mantenían ese flujo de dinero en sus cuentas bancarias. Tenía una casa de 3 millones de dólares en el piso número 27 de un edificio prominente en la parte alta de Manhattan, una finca de dos millones de dólares en Vermont y una casa de dos millones de dólares en el sur de California. Conducía un Porsche por la ciudad, un Tesla cuando quería impresionar a alguien que estaba consciente del medio ambiente y un Lamborghini cuando quería hacer alarde de su riqueza. Todo fue comprado a crédito o hipoteca. A menudo pasaba encima de sus posibilidades porque sabía que nunca podría tener un problema de mantenerse al día con los pagos.

Hal vivió el estilo de vida de alguien que era extraordinariamente rico. Él salió con las actrices y modelos famosas y eran un accesorio para la noche donde quiera que el estuviera viviendo en el momento. Era viajero del mundo y mantenía apartamentos en Londres, París y Tokio. Cenaba en los mejores restaurantes y se alojaba en hoteles de cinco estrellas. Tenia relaciones con la gente, pero nunca deja que nadie se acercara a él. Tenía muchos conocidos pero no amigos verdaderos. Cuando la gente le preguntaba que hacía para ganarse la vida el sólo les dijo que era un corredor de inversiones. Nunca dejo que nadie supiera o invirtiera en sus esquemas. No quería que nadie lo conectara con sus negocios ilegales. Un cambio periódico de los sitios web y otras estafas hizo más difícil para las autoridades que lo encontraran, y sobre todo de poder procesarlo.

La vida de Hal no siempre fue tan glamorosa. En la secundaria fue llamado por su nombre de nacimiento, Harold. Él tenía sobrepeso, llevaba gafas de montura de cuerno y se vestía como un fugitivo, ropa que compraba tienda de segunda del Ejército de Salvación. Chicas se reían de él y los chicos lo molestaban. En la jerarquía social que domina las escuelas preparatorias, lo consideraban como inferior, en la categoría de perdedor. No tenía amigos, no había futuro y no había alegría en su vida. Era inteligente y con sus buenas calificaciones consiguió una beca universitaria. Una vez en la universidad, Harold comenzó a transformarse. Decidió que quería perder peso. Él hizo ejercicio como un loco. En dos años perdió 80 libras. Al año siguiente, se puso lentes de contacto. El cuarto año, tomó un curso sobre etiqueta. Él salió de la universidad como hombre joven y guapo, de buenos modales llamado Hal con un doble grado en Economía y Literatura. Las chicas se interesaban en él, pero encontrar trabajo fue difícil. El consiguió un trabajo que solo pagaba sus deudas, y no era suficiente. Tenía un apartamento pequeño y estaba en peligro de ser desalojado fue cuando decidió utilizar sus conocimientos de economía y conocimientos de Internet para crear ingresos.

Hal creo empresas falsas que parecían y se veían legítimas. Se compró listas de los inversionistas de corredores de bolsa comenzó a llamar en frío. Comenzó a hacer pequeñas cantidades de dinero, un extra de cien o dos a la semana. A medida que avanzaban los meses Hal perfeccionaba su capacidad de vender a los extranjeros a través del teléfono, comenzó a hacer aún más dinero. Después de sus dos primeros años ya estaba haciendo cuarenta mil adicional en un año.

Hal analizo quiénes eran sus mejores clientes. Encontró que las personas de edad avanzada eran más propensas a comprar lo que estaba vendiendo. Muchos de ellos no tenían mucho conocimiento del Internet y no podía investigar más allá de buscar en google el nombre de la empresa. Ellos no tenían a nadie con quien discutir el método de inversiones. Hal decidió concentrarse exclusivamente en las personas de edad avanzada. Una vez que lo hizo, comenzó a hacer mucho dinero.

Con el paso de los años, también hizo un número de sitios de Internet y esquemas. Desarrolló diez conjuntos separados de cuentas bancarias para canalizar su dinero. Hal sabía que estaba jugando un juego peligroso y que en cualquier momento su dinero podría ser confiscado por el gobierno si él fuera capturado ejerciendo su oficio. Se imaginó que si a él le quitaban su dinero nadie podía obtener más de una o dos de las cuentas y tendría dinero para pelear o para el boleto de avión si necesitaba para salir del país.

En el momento en que fue a su reunión de diez años de la preparatoria, Hal estaba bien establecido fue engullendo y escupiendo en efectivo como un cajero automático roto. Hal sorprendió literalmente a todos sus ex compañeros de clase. Los chicos que lo molestaban querían ser como el. Las chicas que se burlaban de él querían tener su descendencia. Él podría haber hecho algunas conexiones para toda la vida en la reunión, pero Hal hacía tiempo que había ido más allá de sus antiguos opresores. No quería que ninguno de ellos como amigos y no quería que ninguno de ellos descubrieran cómo hizo su dinero.

Hal estaba repentinamente hambriento. Estaba a punto de tomar su almuerzo, pero no quería romper la rutina de su buena racha esa mañana. Decidió hacer una llamada más. Miró hacia abajo en el siguiente nombre en la lista. Ignacio M. Karma, 97, Nueva Orleans, Louisiana. Marcó el número. Después de tres timbrazos alguien contesto. "Hola." Dijo la voz en el otro extremo. "¿Es Ignacio M. Karma?" pregunto Hal. "Sí, lo es, ¿cómo puedo ayudarle?", Dijo la voz.

"No señor, en que forma yo puedo ayudarle!", Dijo Hal con entusiasmo. "Vea Usted, Sr. Karma, un conocido de usted sugirió que te llamara con respecto a una oportunidad de inversión muy lucrativa." Continuó Hal.

¿"Lucrativa dice usted?", Se preguntó la voz cuidando su entusiasmo. "Por que es mi tipo favorito de la inversión." Continuó.

"Estoy contento de escuchar eso, señor, porque ésta no tiene nada, mas que ser positiva." Dijo Hal enfáticamente.

"¿Y quién dice que lo refirió conmigo?", Preguntó la voz.

Hal estaba acostumbrado a esto y frecuentemente mascullaba un nombre y pronunciaba un apellido común claramente. No conocía a ninguna de las personas que llamaba, pero sí sabía que es de la naturaleza humana llenar pausas o información intangible con información conocida. Hal sabía casi todo el mundo conocía a alguien con un apellido común. El sabía que la mayoría de la gente, naturalmente llenan el espacio en blanco diciendo el primer nombre entre dientes con el apellido de la persona que sabía que tenían el apellido común. Esto permitió a Hal que pareciera como si él fue referido por un amigo de confianza al extraño que estaba llamando.

"Mumblebulbr Johnson." Replicó Hal.

"No, lo siento, yo no conozco a nadie en realidad de apellido Johnson." Respondió la voz.

"Achoo (estornudos) Jackson". Hal respondido.

"Donahue Jackson ... oh, que significa Don Jackson?", Respondió la voz.

"Sí, señor!", Dijo Hal. "El único."

"! Por qué no he sabido nada de él en años!", Gritó la voz con alegría. "Por supuesto que no conocía a su padre, no hablaba de el pero el nombre de su padre era Juan, pero si lo refirió, supongo que estás bien." Continuo.

Hal procedió a contarle de Karma sobre la mina de oro en Cacamente del Perú. Él le dijo que era el nuevo descubrimiento más rico de oro en los últimos 50 años y que a menudo pagaba cinco dólares por uno en los tres primeros meses y que después de tres meses el podría elegir si volvería a invertir o tomar el dinero en efectivo; que eso dependía de él.

"Suena como un buen negocio." Dijo la voz.

"Muy bien señor." Dijo Hal. "¿Cuánto puedo poner de inversión?", Se preguntó.

"¿Es esta la única buena oportunidad de inversión que tiene?", Preguntó la voz.

"No señor, tengo muchos otras." Respondió Hal

"¿Cuántos más?" Cuestionó la voz.

Hal se detuvo por un momento. Pensó para sí mismo, en caso de que el nombre de todos los 10 de sus cuentas bancarias como inversiones.

"Tengo otras nueve personas." Replicó Hal.

"Entonces esto es lo que haré." Dijo la voz. "Voy a invertir una cantidad simbólica, por ejemplo, $ 100 en cada una de las cuentas atribuidas a esas inversiones. Entonces, si el dinero pasa a través de las cuentas, voy a invertir $ 50,000 adicionales en cada una de las cuentas dentro de las 48 horas. "Continuó.

"Pero ¿por qué necesita cada cuenta, no puedes simplemente conectar todo a una sola cuenta?", Se preguntó Hal.

"Perdóname joven, pero he desarrollado esta forma de hacer negocios, porque se me han timado antes." Dijo la voz. "Estoy incapacitado y tengo que hacer todos de mis negocios a través del teléfono." Continuó.

Hal pensó un momento. ¿Debería darle a este señor todos sus números de cuenta? El sabía que era en contra de su naturaleza, pero pensó que la mitad de un día le iba a dar un pago de millones de dólares era demasiado tentador, especialmente cuando se saboreaba la victoria de una buena estafa. Hal saco el pequeño libro negro donde guardaba todos sus números de cuentas bancarias y, uno por uno, los leyó por teléfono. Después de leer el último número de la línea fue desconectada. Hal volvió a llamar, pero la línea estaba ocupada. Karma fue, obviamente, depositando el dinero. Él fue a almorzar.

Hal checo todas sus diez cuentas bancarias a su regreso de almuerzo y se encuentra que cada uno de ellos tenía un depósito de $ 100. Llamo a Karma para decirle que el dinero entro, pero no hubo respuesta. Hal decidió tomar el resto del día libre. Después de todo, eran las 2:00 de la tarde en un viernes y había tenido un muy buen día. Se preguntó si Karma invertiría los $ 500,000 que prometió el lunes, pero incluso si no lo hacía aún tenía un extra de $ 100 en cada una de sus cuentas bancarias. Malo para él, es cierto, pero todavía podría pagar algunas cuentas. Fue un fin de semana lluvioso en Manhattan. Hal lo paso acurrucado con un buen libro. El evitó la escena habitual de salir de fiesta y decidió relajarse.

Lunes por la mañana, Hal se puso en línea para ver si el Sr. Karma había depositado $ 500.000 en sus cuentas. Se checo la cuenta Cacamente. Había sólo

$ 100 Se registraron cada una de las otras cuentas. Todos ellos tenían la misma cantidad, $ 100. Era como si los $ 100 depositados por Karma habían comido todo su dinero. Hal sabía que era imposible. Era más probable que Karma lo había robado a través de transferencias electrónicas, pero Hal sabía que todo lo que tenía que hacer era rastrear la dirección IP de donde se transfirió el dinero y él podría conseguir un hacker "conocido" para recuperar todo.

Hal llamo a los diez bancos. Pidió a cada uno de ellos rastrear quien retiró el dinero que estaba en sus cuentas a partir del último viernes por la mañana. Cada uno de ellos le dijo que fue retirado por él. Cuando Hal pidió a cada uno de ellos rastrear la dirección IP de donde fue enviado dinero cada uno de ellos le daba su propia dirección IP. Hal estaba solo en casa todo el fin de semana. Su equipo estaba apagado y desenchufado todo el tiempo. El sabía que era físicamente imposible que el dinero haya sido conectado a su ordenador. Airado, Hal marcó el Sr. Karma. El teléfono sonó varias veces. A continuación, contestaron. "Cementerio de Hillside, Bill Peterson", dijo la voz en el otro extremo.

"Quiero hablar con el Sr. Karma!" Exigió Hal.

"No hay nadie con ese nombre." Respondió Peterson.

Hal se mordió el labio, tratando de contener su ira lo suficiente como para dar una respuesta tranquila y racional a Peterson.

"Escúchame, por favor." Dijo Hal. "Hace dos días llame a este número y hablé con un señor Ignacio M. Karma. No estoy de humor para una broma! "

"No señor.", Dijo Peterson. Este es un cementerio real en Nueva Orleans y hemos tenido este mismo número telefónico por lo menos 20 años. "Continuó.

"Bueno, ¿cómo fui capaz de hablar con el Sr. Karma hace dos días?", Dijo Hal, exasperado.

"¿Dijo hace dos días?", Respondió Peterson.

"Sí." Respondió Hal.

"Por que es cuando nuestro teléfono estaba desconectado debido a que una línea telefónica fue derribada.", Dijo Peterson.

¿"Una línea de teléfono caída"?, Respondió Hal

"Sí, una línea de teléfono se rompió y cayó sobre una de nuestras tumbas, pero encontramos el problema y lo pudieron arreglado antes del sábado.", Dijo Peterson.

"¿Era el nombre en la tumba Ignacio M. Karma?", Preguntó Hal.

"No señor, era de Frank Mayhew." Respondió Peterson.

Un escalofrío recorrió la espalda de Hal él rápidamente colgó el teléfono. Ese nombre le sonaba conocido. Antes, cuando Hal comenzó estafar a las personas mayores lo primero que hacía, era dejarlos con $ 100 en su cuenta. Él pensaba que era mala suerte de dejar a alguien sin dinero completamente. Se acordó de Mayhew, porque Mayhew tenía 10 cuentas bancarias diferentes y cuando Hal las limpió le dejo $ 100 en cada cuenta. Él leyó que Mayhew se había suicidado dos días después de ser estafado.

Hal sabía que no era más que un hombre que había canalizado su fortuna mal habida. Él comprendió el significado del nombre usado, Ignacio M. Karma, I. M. Karma que de repente sonaba como Yo Soy Karma. El sabía que el Karma en sí lo había alcanzado y se transferían los infortunios a sus estafas que habían visitado a un sinnúmero de ciudadanos los más vulnerables de la sociedad.

En su alma, Hal sabía que no volvería a ver el dinero de sus diez cuentas. Él sabía que en los próximos meses tendría que mantenerse sin hacer nada y ver como uno por uno, sus casas, apartamentos y coches quedarían excluidos del mercado y embargados. Sabía instintivamente que había perdido su suerte de forma permanente y que nunca sería capaz de estafar a otros. Él sabía que los días de vivir bien habían terminado. Sabía que tendría que volver a ser Harold y lo mejor que podía esperar era una sentencia de por vida en un trabajo mediocre mal pagado y un pequeño apartamento. Hal salió a su balcón, miraba hacia el parque central cuando saltó.

El Coleccionista de Almas

En una excursión a un eco-forestal en El Amazon, un grupo de turistas encontró con un jaguar salvaje. El grupo, consistía en una guía, una pareja de ancianos, su nieto de nueve años, y un hombre de mediana edad. El jaguar se mantuvo firme, gruñía en un tono bajo. El hombre de mediana edad frunció los labios. Un sonido como el silbido del viento salió de su boca. El jaguar se congeló.

El hombre calmadamente se acercó a el e hizo el mismo sonido silbante. Le acarició suavemente la cabeza peluda del jaguar. Luego susurró.

"Está bien, puede irse."

Con eso, el jaguar se volvió y se alejó tranquilamente. Nunca regreso. El grupo se le quedó mirando con asombro.

"¿Cómo hiciste eso?", Preguntó el niño de nueve años. "El silbido es el grito de las almas perdidas." Dijo. Cada animal y cada fantasma lo entienden. Cuando silbe el grito de las almas perdidas, el jaguar sabía que estaban fuera de su alcance y no tubo más remedio que obedecerme".

Esa noche, el grupo acampó en el desierto y solo con la luz de una fogata, el hombre contó su historia. Dijo que cuando tenía cinco años de edad, se ahogó en una piscina. Se despertó en un cajón en la morgue del hospital. Dijo que todavía tenía las cicatrices en la parte inferior de los pies por las patadas que dio en el cajón con la parte inferior de sus pies. Ha tiempo, un trabajador le oyó y abrió el cajón. Fue enviado de vuelta al hospital y los dieron de alta al día siguiente y se fue con sus padres.

Al año siguiente fue a la escuela primaria. Sus clases eran en el edificio principal que parecía en ruinas, ya que eran de más de 100 años de antigüedad. Durante la primera semana, empezó a oír voces durante la clase. Al principio tenía miedo. Entonces se dio cuenta de que las voces le estaban dando las respuestas a las preguntas que el maestro le pedía.

A medida que creció atrajo más y más fantasmas. Él era el único que podía verlos y escucharlos. Él no se atrevía a contar a nadie sobre ellos porque sabía que pensarían que estaba loco. Los fantasmas que estaban con el alrededor de sus clases, lo siguieron por la calle, y la casa de sus padres se lleno de fantasmas.

Durante su primer año de la escuela preparatoria, fue perseguido por un grupo de agresores. Se decían rumores sobre él, lo amenazaron, y se mantuvieron molestándolo. Un día, tres de los agresores trataron de extorsionarlo, cuando estuvieron con él a solas en el baño. Algunos de sus fantasmas apagaron las luces y encerraron a los agresores en el baño. Después de eso nadie se volvió a meter con él.

Cuando tenía 21 años, alquiló una casa pequeña. Para entonces, los casi 300 fantasmas que atrajo frecuentaban la casa y el patio. Otras personas comenzaron a ver sus fantasmas también. Los vecinos notaron figuras oscuras que estaban al acecho de su patio trasero. Vieron caras reflejadas en sus ventanas. Incluso vieron a gente extrañamente vestidas siguiéndolo, mientras que trabajaba en su jardín y en el patio delantero a plena luz del día. El cartero vio a un indio americano anciano detrás de él y un vecino vio caminar a través del jardín a una mujer elegantemente vestida con la ropa de otro período de tiempo.

Una noche, oyó un silbido. Un viento llenó la habitación en una noche de verano tranquilo. Se impregnó en su sueño y lo despertó de un sueño profundo. Abrió la boca y cuando lo hizo, sintió una ráfaga de aire entrar en su cuerpo. Nadie volvió a ver fantasmas alrededor de su casa. Todos estaban dentro de él.

Dijo que el no los sentía. Ellos no lo perseguían o controlaban. Ellos solo estaban allí. Cuando pasaba por un cementerio, un hospital, o en cualquier otro lugar un alma perdida oía el sonido silbante, el sentía el viento en su cara, y tomaba una respiración profunda.

Un día, uno de sus amigos lo llamo. Ella le dijo que compró un condominio y encontró que estaba embrujado. El fue un día, oyó el silbido del viento, respiró y el embrujo se detuvo. Ese amigo le dijo a otro amigo, quien le dijo a otra persona que le dijo a otra persona y en poco tiempo, la gente le estaba pagando para visitar sus casas para quitarles los problemas con los fantasmas. Después de un año, estaba haciendo mucho dinero solucionando los problemas de fantasmas de la gente, que no necesitaba otro trabajo. A través de su trabajo, fue capaz de viajar por todo el mundo y ver e ir a lugares que nunca habría sido capaz de ir y de permitirse ese lujo.

Una vez, una mujer lo contrató porque los miembros de su familia estaban siendo drenados de su energía por algo sobrenatural en su casa. Él envió a la familia lejos y pasó la noche en su casa. Como a las 3 A.M. se despertó e inmediatamente sintió una sensación de pesadez en el pecho. Se sentía como si alguien estuviera sentado en su pecho. Aunque no podía ver nada, podía sentir una mano en cada hombro, sosteniéndolo y empujándolo hacia abajo. Él sintió que su energía se escurría, mientras esto ocurría empezó a ver la figura borrosa de una mujer encima de él.

Oyó el silbido del viento, pero no venía de la habitación, venía de adentro de él. Entonces, vio cierta niebla salir de su boca, rodeando a la figura oscura y jalarla hacia su rostro. Oyó a la figura sombría gritar de terror la niebla se extendió en su nariz. Al igual que con las otras almas perdidas, no sintió ningún efecto negativo con la ingestión de esta alma perdida.

Un mes más tarde, recibió un contrato de una familia que compró una granja en Nebraska. Estaban siendo perseguidos por el fantasma el dueño anterior que había matado a toda su familia con un hacha antes de colgarse de esto hacia más de 120 años. La familia informó que luces salían constantemente de los armarios en la cocina se abrían y cerraban las puertas de los estantes rápidamente, platos volando por la habitación y se estrellaban contra la pared, rompiéndose en mil pedazos. Los niños se despertaban en medio de la noche para ver a un hombre con un hacha sangrienta de pie junto a su cama. A veces, la sangre goteaba sobre ellos.

Llegó a la casa por la tarde. La familia ya estaba en un hotel. Se sentó en la cocina y apagó las luces. Al caer la noche, los platos comenzaron a hacer ruidos en los estantes. A continuación, las puertas del armario se abrieron y se cerraban rápidamente. Mientras lo hacían, platos y tazas volaban fuera de los estantes, golpeando contra la pared opuesta. A continuación, a la luz de la luna brillando desde fuera de la ventana de la cocina, vio la figura oscura de un hombre alto, con barba, que sostenía un hacha de pie en el umbral entre la cocina y la sala de estar. La figura oscura se materializó en una aparición fantasmal completa. Empezó a gritar. ¡"Yo sé lo que eres y por qué estás aquí! ¡Esta es mi casa, mi Casa! "Gritó.

A continuación, el fantasma maléfico levanto el hacha sobre su cabeza y comenzó a atacar al coleccionista almas. El coleccionista de almas emitió el silbido del viento de sus labios. Una niebla rodeo rápidamente al fantasma. Se balanceó con su hacha hacia el, pero la niebla trituro el hacha fantasma. El fantasma trató de perforar la niebla, pero la niebla lo envolvía y parecía tenerlo agarrado como un candado en la cabeza. El coleccionista de almas podía ver al fantasma todavía tratando de agarrar la niebla con las manos, pero la niebla tenía demasiado poder. En cuestión de segundos el fantasma fue barrido de todos modos. No pudo resistir la potencia combinada de 2.000 fantasmas que ahora vivían dentro del coleccionista de almas.

El coleccionista de almas dijo que era un fantasma particularmente desagradable que le hizo darse cuenta de dos cosas. En primer lugar, que tenía el poder de enviar a los fantasmas del interior de su cuerpo hacia algo que estaba afuera de su cuerpo. En segundo lugar, que podía utilizar la energía del viento fantasma para beneficiar a la humanidad.

Más tarde en ese mes, se trasladó a un pequeño apartamento en una sección donde prevalecía el crimen, manzanas infestadas en la ciudad urbana importante. Al caer la noche, la gente normal entraba en sus apartamentos, cerraba sus puertas, cerraba sus persianas y apagaban sus luces. El elemento criminal salía y se apoderaba de las calles. Se oía música a todo volumen, hablaban en voz alta, las discusiones, la gente gritando y uno que otro disparo ocasional durante toda la noche. Desde su apartamento a oscuras, miraba desde atrás de sus persianas. Vio el traficar de drogas en la calle, los adictos drogarse y las peleas callejeras. Esa primera noche, resistió la tentación de soltar el viento fantasma. Se imaginó que se trataba de un experimento y que necesitaba obtener una línea de base y ver lo que una noche típica era en esa calle antes de soltar el viento fantasma.

A la noche siguiente, comenzó como la anterior. La música alta, hablando en voz alta, discusiones y peleas comenzaron casi inmediatamente. Soltó el viento fantasma a las 20:00, casi de inmediato la música se detuvo. Los argumentos continuaron. Entonces se oyeron gritos. Luego disparos. A continuación, el chirrido de neumáticos y coches que huían a toda velocidad. Para las 20:30 P.M. las calles estaban tranquilas.

La noche siguiente, lanzó el viento fantasma a las 20:00 escuchó disparos, gritos y coches huir a toda velocidad. Las calles estaban tranquilas para las 20:15 La noche siguiente había menos ruido, pero él lanzó el viento fantasma a las 20:00 y el ruido se detuvo inmediatamente. Por la sexta noche las calles estaban en calma y tranquilidad. Nada se veía o se oía afuera. Después de una semana, las personas regulares comenzaron a salir de sus apartamentos por la noche. Después la siguiente semana se vio que hubo una gran vida nocturna civil sobre las calles y no una vida criminal. ¡Tuvo éxito en la transformación de un barrio sin tener que desalojar a las personas que se encontraban en ella!

Durante los siguientes dos años se trasladó de una gran ciudad urbana a otra le tomo no más de dos semanas en cada una y se vio totalmente la transformación de los barrios de los cuales eligió para alojarse. Nadie sabía por qué los barrios habían cambiado tan drásticamente en un corto período de tiempo. Había historias contadas por los criminales en todo el mundo de los barrios que estaban poseídos, pero la gente normal no les creía porque nunca experimentaron las apariciones. Ellos sólo sabían que su vecindario había cambiado.

Entonces, un día, leyó sobre un grupo terrorista que secuestraron a 400 niñas adolescentes y las mantendrían hasta que se pagara un rescate, amenazando con venderlas esclavas, si los rescates no se pagaban. El coleccionista almas voló a la ciudad importante en esa nación. Se dio a conocer dijo había llegado a esa nación para negociar con los terroristas. Dentro de uno o dos días de haber sido secuestrado y llevado al lugar donde estaban secuestradas las niñas. Cuando el líder del grupo le pidió que comprobara si era legítimo, el coleccionista de almas le pidió que se calmara. Él sacó su teléfono celular y marcó el número de una cuenta bancaria y le enseño al líder que en ella estaba la cantidad exacta que los terroristas estaban pidiendo. El líder y sus compañeros a su alrededor parecieron muy satisfechos.

Algunos de ellos se fueron y regresaron con un hombre flaco que llamaban su contador. El hombre produjo un número de cuenta bancaria e instrucciones específicas. A continuación, su cautivo les dijo que él no estaba allí para ofrecerles el dinero que pedían, aunque sin duda lo tenía. Él estaba allí para ofrecer perdonarles la vida a cambio de las niñas. Los terroristas y su contador rieron con ganas. Cuando vieron que su prisionero no se reía, la ira llenó los ojos del líder. Él sacó una pistola y apuntó a la cabeza de su prisionero.

"¿Qué podrá impedir que te vuele los sesos en este momento y transfiera yo mismo el dinero?" Gritó.

"Usted no sabe la contraseña para transferir el dinero." Respondió el coleccionista de almas.

"Dime la palabra, dime ahora!" El líder exigió y ladeó el gatillo de la pistola.

"No es una palabra.", Dijo el coleccionista de almas. Es un sonido. "Continuó lentamente".

A continuación, el coleccionista de almas frunció los labios e hizo el sonido del silbido del viento, el viento fantasma. Una niebla salia de su boca. Se dividió en muchos dedos agarrando cada uno de los terroristas y entraron en sus bocas. Los terroristas comenzaron a disparar, pero en lugar de disparar a su cautivo, la niebla o a las chicas secuestradas, se dispararon uno al otro.

Entonces, el coleccionista de almas abrió su cartera y sacó una hoja marchita de periódico. Mostró una foto de él entrando en un pueblo cercano con 400 chicas adolescentes. La gente no podía creer a sus ojos o sus oídos. Oyeron algunos cuentos fantásticos, pero ¿eran reales o de fantasía? Se fueron a la cama esa noche con muchas preguntas. A la mañana siguiente, se despertaron listos para escuchar algunas respuestas, pero el coleccionista de almas se había ido. Su guía dijo que entró en la selva para ayudar a una tribu cercana. Le dijo a la guía que no lo esperara. En los meses transcurridos desde su encuentro, cada vez que una de las personas que viajan a la selva leían o escuchaban algo bueno que sucedió inexplicablemente entonces recuerdan al coleccionista de almas y se preguntan si pudo haber sido el.

Los viajes de mi alma

VERSO 1

No puede decir que he viajado
Con solo mirarme
Pero si usted mira en mis ojos
Muy pronto verá
Que he viajado
Los viajes de mi alma

Verso 2

No sólo por el desierto polvoriento
O por el mar brillante verde azulado
No, de verdad he viajado
A lo largo y ancho de la galaxia

Mientras que otros hablan de selvas tropicales
O de una mujer cuya piel es natural
Yo describo las plantas de Venus
Y el pintoresco paisaje que hay
Porque yo he viajado

Los viajes de mi alma

Verso 3

Algunos pueden simplemente dudar de mí
Otros podrían preguntarme por qué
Mi única respuesta es un sentimiento
Mi alma es mi respuesta

Si por alguna casualidad el sentimiento lo atrapa
Y usted se encontrara entre los pocos
Su corazón se despertara para encontrar la verdad
Y su alma viajará también
Los viajes de mi alma

El golpe Infernal

Es un monstruo de dos cabezas tiene en cada una cuatro ojos. Uno de los brazos es la escopeta y el otro es una sierra de cadena. Lleva una sudadera con capucha negra. Él tiene dientes afilados, medias blancas y pantalones cortos negros. Él es calvo y tiene un tatuaje en forma de un payaso malvado. Él tiene los cuernos del diablo y uñas largas que son agudas como cuchillos. Él tiene alas como un murciélago y levita. El despelleja los cuerpos y usa la piel para hacer papel para su novela. Decapita a las víctimas y los rodea de goma para hacer balones de fútbol de ellos. Él tiene un acento británico pero habla Gibbersh.

La historia de Hell Banger

Payaso del demonio era un gangster que fue mordido por un demonio de Tasmania. Que se escapó del zoológico de Los Ángeles. El mismo día en que fue mordido por una serpiente de cascabel. El veneno de la serpiente de cascabel mezclado con la saliva del demonio de Tasmania lo transformo. Se convirtió en una criatura de características monstruosas y una mente desquiciada. Se convirtió en un asesino segador en serie. Su primera víctima fue una mujer vieja grotesca que estaba caminando por un lago del lado este. Se detuvo frente a ella. Ella gritó "usted es feo." Entonces el le disparó en el pie y la cadena cortó su cabeza. Para el fue difícil conseguir que su alma saliera de su cuerpo, ya que se había incrustado allí por más de 90 años.

Dijo Gaba Baba yay y lo hizo piznerlce flook Gah! Con su acento británico. Se sorprendió cuando la mujer volvió a la vida el tiempo suficiente para decir esas palabras. Su siguiente víctima fue vaivén del norte de Egipto. Syed Faboony era un oficial en libertad condicional que siempre estaba jugando con Payaso. Syed estaba comiendo patatas fritas con chile de Dinos cuando Payaso se encontró con él.

Payaso le decapito mientras que él tenía la boca llena de papas fritas con chile y le disparó en el pecho cuatro veces Tomó el alma de Syed y se encerró en el baño que no había sido limpiado desde 1942.

Para cuando en Coronel Puffinstuff dirigió la investigación sobre los asesinatos de Hell Banger el estado de ánimo en Lincoln Heights era aterrador. La gente tenía miedo de caminar por la calle y Dinos se salio del negocio. Coronel Puffinstuff encontró un viejo libro llamado "La Guía Hell Bangers para matar víctimas" Cuando fue a la escena del crimen de la víctima número tres el llevo el libro. La escena del crimen fue alrededor en Lincoln Park. La tercera víctima era oficial de policía de la unidad en contra de pandillas. Su cuerpo fue puesto montado en un caballo de madera y la cabeza fue sustituida por la cabeza de otro caballo. La cuarta víctima fue un juez retirado que encerró al padre de Payaso en 1991. La cabeza de caballo de madera fue puesta en el cuello. Se utilizó su cabeza para crear una caja de arena como granja de hormigas. Coronel Puffinstuff finalmente mató al Hell Bangers que trato de irse cuando lo acorraló estaba comprando ropa del club en un mercado. El coronel lo mató al lanzarle un frasco a él mientras le decía "Que la tierra Lotta te saque."

Líneas de vida

Comenzó con una pregunta. ¿Qué pasa si la gente sólo viviera lo que las líneas de la palma de su mano lo indicaran? Esta fue la pregunta Hiram Bosworth intentó responder en su tesis doctoral. Un estudiante de medicina y aficionado a la parapsicología, Hiram, o Ram para sus amigos, no habían llegado con esta pregunta a la ligera. Le había dado vueltas en el interior de su mente durante años. Se acordó de cuando se encontró por primera vez con la idea de que las líneas de vida predijeran a uno la esperanza de vida. Tenía nueve años de edad cuando su madre y su tía fueron con una persona que leía la mano. La lectora de mano se negó a leer la mano de mi tía. Ella se le quedo viendo a ella y se negó rotundamente. Al día siguiente, su tía estaba muerta, una embolia explotó su cerebro. Ella le dijo a su marido que tenía un fuerte dolor de cabeza. El se dirigió al botiquín del baño para conseguir una aspirina y cuando regresó, momentos después, ella estaba muerta.

Unos días más tarde, un sábado, Ram dijo a su madre que iba al parque y en vez se fue en su bicicleta a cuatro millas a la casa donde vivía la persona que leía la mano. Llamó a la puerta y cuando ella contestó preguntó si ella lo recordaba. Cuando ella indicó que si, él le preguntó por qué se negó a leer la mano de su tía. Ella le dijo que vio que la línea de vida había llegado a su fin.

Cuando tenía dieciséis años, Ram pasó por un cuerpo que estaba muerto en una escena de crimen. El cuerpo yacía boca abajo y aunque una sabana estaba cubriéndole todo el cuerpo, la mano derecha sobresalía de la sabana y su palma estaba hacia arriba. Se pudo ver que la línea de vida de la mano del cadáver era corta. Mientras miraba la mano, una repentina ráfaga de viento pasó junto y movió de un tirón abriendo la parte de la sábana que cubría su cabeza. Él reconoció el cadáver. Era un gángster de 19 años que vio aprovechándose de otros niños fuera de su escuela secundaria. Su ojo derecho había volado al igual que la parte posterior de la cabeza. Cuando estaba en sus veintes, como estudiante de primer año de medicina, se internó en el hospital de la comunidad local. Comenzó a mirar las palmas de las personas que murieron en el hospital. Empezó a notar que las líneas de vida de los viejos eran largas y las líneas de vida de los niños y adolescentes eran cortas. Una vez, incluso vio a un bebé que había muerto al nacer. Su pequeña palma no tenía línea de vida en absoluto.

Después de varios años de internado en el hospital fue capaz de calibrar la longitud de la línea de vida a la edad aproximada del fallecido. Él sabía lo que significaba el tamaño de una muerte en uno de veinte, treinta, cuarenta y cincuenta. En ese momento estaba listo para escribir su tesis doctoral, y tenía que compartirlo con la ciencia. Podía mirar la mano del cadáver y, sin mirar el cuerpo, sabía exactamente qué edad tenia la persona cuando murió.

Cuando había escrito la mitad de su tesis, se preguntó si podía usar las líneas de vida de las personas que vivían y de predecir cuándo iban a morir. Comenzó a mirar los pacientes en su barrio. Empezó a predecir si, si o si no se podrían mejorar. Reunió las pruebas y encontró que en la mayoría de los casos fue preciso, pero no siempre. El llego a ser lo bastante preciso que podía hacer dinero haciendo apuestas con otros miembros del personal del hospital. $ 20.00 por aquí, $ 60.00 por halla, en una ocasión un billete de cien dólares. El dinero se añadió y agrando, gano grandes cantidades y fue para pagar sus facturas de la escuela de medicina, pero había un inconveniente.

La emoción del juego de líneas de vida lo consumía. Hacia apuestas con empleados en cada oportunidad que tenia. La mayoría de las veces ganaba. A veces perdía. Fue el elemento por azar que atrajo a otras personas a apostar en contra de él y fue el elemento de azar que hizo que las apuestas sobre las líneas de vida se hicieron una adicción para él. Con el tiempo, Ram dejó por un lapso sus estudios. Estropeó un par de cirugías. Todo esto lo detecto el administrador del hospital. En el momento en que terminó su tesis doctoral, fue expulsado del programa de doctorado por apostar en el trabajo. Él sabía que el Colegio Médico de Estado nunca le emitiría una licencia médica.

La desilusión llevó a Ram a la bebida. Sus préstamos estudiantiles desaparecieron en unas pocas semanas y fue desalojado del pequeño apartamento que alquilaba. Estar sin donde vivir hizo que parara la bebida rápidamente. Utilizó sus habilidades médicas para atender a enfermos y heridos en un callejón detrás de una sala de cine. Ahorró dinero y dentro de un mes fue capaz de vivir en un hotel residencial cerca de los barrios bajos.

Sabiendo que sólo sería cuestión de tiempo antes de ser capturado por practicar la medicina sin licencia, Ram se alejo de eso y se registro con una agencia de empleo. Ram tenía habilidades como mecanógrafo y podía hacer con rapidez y precisión. Estuvo en varios puestos de trabajo en las compañías de seguros, empresas de arquitectura, oficinas de abogados y oficinas médicas.

Alrededor de un año después de que comenzara un trabajo temporal, trabajó en una editorial. A él le gustaba trabajar allí. Un día, uno de sus jefes le preguntó si podía corregir y leer una historia de prueba que estaban pensando incluir en aproximo editorial que estaban a punto de publicar. Cuando terminó la historia y la corrección de pruebas, le preguntaron si podía leer la prueba de otras cosas. Él les dijo que si podía. Le ofrecieron un trabajo de tiempo completo como corrector de pruebas con un aumento sustancial de sueldo. No pasó mucho tiempo antes de Ram se trasladara fuera del hotel residencial a un apartamento de tamaño decente.

Varios meses más tarde, Ram tuvo una idea. La tesis que escribió podría hacer un libro comercializable. Al cabo de unos días, tuvo el valor de preguntarle a su jefe que la leyera y ver si él pensaba que podría ser algo que les gustaría publicar. Su jefe se la devolvió una semana más tarde. Le dijo a Ram que en su forma actual no era comercializable pero si la cambiaba y la hacia en una forma interesante para la población en general que podría ser algo que su empresa iba a publicar. Ram fue a casa esa noche y comenzó a trabajar en la conversión de la tesis en un libro que pudiera tener un atractivo popular. En primer lugar, cambio toda la terminología médica y el lenguaje académico. A continuación, le quitó las gráficas estadísticas y los cuadros gráficos. Finalmente usó un lenguaje sensacionalista e hizo un montón de afirmaciones exageradas. Sólo necesitaba para llegar a un título que impactara. Entonces le llego. "¿Cómo tu línea de vida en tu mano te puede decir cuánto tiempo vivirás?

Una semana después de que su jefe le dijo qué hacer Ram llevó el manuscrito terminado a su oficina. Su jefe lo firmó un contrato de edición ese mismo día. Con su jefe, el vicepresidente ejecutivo de la compañía detrás de él, "¿Cómo su línea de vida le puede decir cuánto tiempo vivirás?". Estaba en las tiendas dentro de un mes. Ram estaba haciendo programas de entrevistas y firmas de libros dentro de una semana de eso. A finales del año, el libro fue un éxito de ventas.

Hiran "Ram" Bosworth se convirtió en el favorito en los círculos de programas de platicas en vivo. Su historia de tenerlo todo a perderlo todo fue un éxito a través del auto reinvención emociono al publico. Su rápido ingenio y su encanto congraciaron a los presentadores de televisión y reporteros del todo el país. El concepto detrás de su libro hizo que personas en todo el mundo se preguntaran si realmente era posible, había Ram realmente dado con un secreto de vida, ¿había el descubierto un misterio que había estado plagando la humanidad desde los albores de su existencia?

Ram se convirtió en el gurú de personas en busca de respuestas. La gente en la calle le preguntaba su opinión sobre que acciones comprar, buscaban su consejo sobre asuntos personales y sus vidas amorosas. Tam siempre dispuesto a ser el centro de atención daba su consejo y asesoramiento libremente. Ram había alcanzado el pináculo de su existencia. Su disertación fue apreciada recalibrada, su vida amorosa estaba en flor, sus finanzas estaban creciendo de manera constante y su fama estaba en pleno eclipse. Una noche que conducía a casa después de una entrevista de un programa en vivo. Iba por un solitario tramo de carretera que conducía a su casa unas pocas millas más allá de la periferia de la gran ciudad. Alrededor de la mitad de una milla adelante de el se dio cuenta de un gran camión de carga venia la dirección opuesta. De repente un conejo salto delante de su coche. Se desvío para evitarlo y, al hacerlo, se salio de su carril. El estaba en carril contrario frente a los demás con el lado del conductor frente al tráfico. El supo que el camión grande venia en su camino.

El trato de iniciar su coche, pero no arrancaba. El trato de desabrochar el cinturón de seguridad para que pudiera salir del coche y de hacer señas al camión, pero la hebilla se había atascado. Entonces una luz lo golpeo en la cara. La luz provenía de los faros del camión grande se acercaba.

A medida que se acercaba el camión grande se dio cuenta que el conductor parecía estar enviando mensajes de texto y no estaba prestando atención a la carretera. Podía oír su música estruendosa música de rock pesado, por lo que supuso que la ventana debió haber estado abajo. El toco la bocina con furia, El sabia que no iba a morir porque tenía una línea larga de vida. Ese gran camión estaba a menos de 100 pies de el y se reviso la palma de la mano solo para estar seguro. Entonces sucedió.

Ram Bosworth vio la línea de la vida en la palma de su mano derecha reducirse ante sus ojos. Se acordó de que todas las apuestas que perdió en el hospital eran personas con líneas largas de vida que murieron de todos modos. El nunca se molesto en revisar sus líneas de vida el porque murieron de todos modos. El nunca se le ocurrió ver la posibilidad del retroceso de línea de vida en los cadáveres. En ese momento, se dio cuenta de que su teoría estaba equivocada. Una línea de vida no puede predecir cuanto tiempo se vivirá porque cambia para adaptarse a su edad actual justo antes de la hora de muerte. Su revelación solo duro un instante, porque en el momento siguiente el impacto del accidente con el camión grande desmembró su cuerpo y salpico toda la carretera por unos 75 pies.

La mujer mojada en la carretera

Billy y Bob iban en camino hasta su cabaña en las montañas. Mientras conducían por la serpenteante carretera se dieron cuenta de que tenían que reducir la velocidad ya que la niebla no tardo en rodearlos. Se dirigieron lentamente y antes de que se dieran cuenta supieron que había luna llena, no podían ver solo veían matorrales después de matorrales pinos altos árboles que salpicaban el borde de la carretera. No podían ver la luna, pero podía oír un río corriendo en algún lugar por debajo de ellos. Curva, detrás de curva la carretera tenia un tono completamente negro solo estaba iluminado por los faros de su coche.

Entonces, al doblar en una curva en particular, sus faros brillaron y de repente se vio una cara. Bob pisó los frenos. Allí, unos 10 pies delante de su coche estaba una mujer blanca pálida con un vestido de noche blanco. El vestido, el cabello y la piel estaban mojados. Billy salió del coche.

"¿Qué hace aquí?" Gritó.

¡"Ayuda, ayuda me tiene que ayudar!" Ella respondió frenéticamente.

"¿Qué pasa?" Preguntó Billy.

"Debo haber quedado dormida al volante y el carro se fue a un lado de la carretera. Mi hija está atrapada en el coche! ", Respondió ella.

"Espera." Dijo Bob. "Vamos a estacionar el auto y la seguimos a su coche."

Bob condujo el coche por un cuarto de milla de la carretera y lo estaciono en un pequeño desvío. Los dos hombres se acercaron al lugar donde vieron por primera vez a la mujer, pero ella no estaba allí. Miraron a su alrededor y vieron algunas marcas de deslizamiento sobre 50 yardas de donde la vieron. Ellos comenzaron a caminar por un sendero donde se veían los árboles recién tallados árboles jóvenes con ramas rotas y segadas. Podían oír el río corriendo por debajo de ellos. Cuando llegaron a la parte inferior de la pista, vieron el río. Se iluminaba con astillas de luz de la luna que se filtraban a través de algunos de los árboles. Parecía de unos siete u ocho pies de profundidad y se desplazaba a una gran velocidad.

Se podían ver las huellas en el barro. Se veían como algo pesado las había hecho. Aquí debe ser donde el coche de la mujer entró en el río, pero ¿donde estaba el coche? Luego, escucharon una voz que grito. "¡Aquí!", Dijo. Se veía como unas 25 yardas abajo en el agua y vieron un gran objeto encajado entre dos rocas a la orilla del río. Sabían que era algo metálico debido a la forma extraña y los destellos de luz de la luna que se reflejaban en su cromo.

Billy y Bob caminaron hacia el objeto. Cuando se acercaron pudieron ver que era un viejo coche grande y que estaba metido en ángulo, el lado del pasajero estaba sumergido bajo el agua. El lado del conductor estaba justo al nivel del agua. Cuando llegaron aún más cerca, pudieron ver un brazo y la mano que sobresalía de la ventana del lado del conductor. Parecía estar llamándolos a lo largo. La voz todavía estaba gritando "Por aquí", pero parecía que se silenciaba.

Cuando llegaron al coche, Billy subió a la gran roca en el lado del pasajero y Bob subió a la roca en el lado del conductor. Billy miró debajo del agua y pudo decir de inmediato que la ventana de la puerta del lado del pasajero estaba rota y abierta. No había nadie vivo allí. Bob se subió a una pequeña roca, bajó la mirada hacia el lado del conductor y no podía creer lo que veía.

  La ventana del lado del conductor estaba abierta alrededor de una tercera parte. En el interior del coche, la madre había muerto, con la cabeza sumergida debajo de la corriente de agua. Uno de los brazos, sostenía la cabeza de una niña pequeña hasta el techo del revestimiento interior del coche donde había una pequeña bolsa de aire sólo pulgadas por encima del agua. El otro brazo sobresalía de la ventana, la corriente del agua del río hacia que la mano de la mujer se moviese hacia arriba y hacia abajo en un movimiento similar a alguien que estaba haciendo señas para que se acercaran.

Bob llamo a Billy a su lado. Billy fue rápidamente.
Bob le dijo a Billy que metiera sus brazos dentro
de la abertura y agarrara a la niña pequeña. Él lo
hizo. Entonces Bob con una gran roca la cual
estrelló contra la ventana del coche. La ventana se
rompió, envío las piezas de vidrio hacia la
ventanilla del coche abierta del lado del pasajero.
Al igual que el cristal se hizo añicos, Billy tiró de la
niña para sacarla fuera del coche. La bolsa de aire
de la niña rápidamente se sumergió bajo las aguas.
La niña estaba en coma pero respirando. Bob pensó
que probablemente sufría de hipotermia. Bob se
quitó la chaqueta y envolvió a la bebe en ella
mientras caminaba por el sendero. Él le dijo a Billy
que corriera hasta el coche, consiguió su teléfono
celular y llamo al 911. Dentro de unos 22 minutos
un helicóptero estaba llevando por aire al bebé a un
hospital.

Billy y Bob fueron aclamados como héroes. Se reunieron el padre de la bebé y, a pesar de que estaba triste por la pérdida de su esposa, que estaba agradecido por la vida de su hija. Bob y Billy contaron su historia a todo el que quisiera escucharla. Algunos de ellos creían. Algunos no lo hicieron. Ellos mismos no entendían realmente lo que vieron y escucharon, solo entendían que no hay nada más fuerte que el amor de una madre porque, en lo que a ellos respecta, el amor de una madre llegó desde más allá de las garras de la muerte para salvar a su hijo.

El tren fantasma

Se subió al tren para ir a Platt Junction. Pasó junto a la gente que se veía cansada en ropa monótona con la mirada en blanco en sus caras. Encontró un asiento del lado de la ventana cerca de la parte trasera del tren. Se acercó al asiento y se sentó.
Se dio cuenta de que había un olor húmedo. Al principio no podía localizarlo pero sabía que lo había olido antes. Luego se acordó. Era una mezcla de sangre, sudor y lágrimas infiltradas a los asientos y con el tiempo fueron secados con el sol caliente. Tomo la parte superior de la ventana tratando de deslizarla con la esperanza de poder abrirla e introducir un poco de aire fresco, pero la ventana no se movió.
Cuando el tren se alejó de la estación, se resignó a mirar por la ventana y regular su respiración para evitar el hedor adherido a los asientos. Dejó que su mente vagara. Pensó en su adorable esposa joven. La echaba de menos terriblemente a pesar de que acababa de dejarla no hace menos de una hora. Esa hora parecía un siglo. Supuso que era sólo una consecuencia de estar enamorado, el tiempo que pasaban separados parecía una eternidad.

Él estaba en su camino al trabajo, pero que no podía recordar específicamente lo que se suponía que debía estar haciendo ese día. Trabajando en una mina, como lo había hecho, había básicamente sólo dos puestos en el trabajo, la excavación o la limpieza de la suciedad. Todos los días se hacia ya sea uno o el otro. No podía recordar qué estaba haciendo en la actualidad. Tal vez todavía estaba medio dormido. Sabía que debería haber tomado una taza de café antes de salir de la casa, pero el estaba saliendo tarde.

Miró por la ventana por alrededor de una media hora. No había nada más que paisaje en el solitario tramo de la vía entre Platt Junction y la mina trabajó. Entonces vio a otro tren que se aproximaba en la dirección opuesta. No podía recordar la última vez que había visto un tren en el lado opuesto de la pista. Por alguna razón, le hizo recordar una leyenda que una vez había oído, pero que no podía recordar cuando la oyó.

Era la leyenda del tren fantasma. Era un tren que tuvo un accidente grave. Toda su tripulación y todos sus pasajeros murieron. Se dijo que sólo aparecía a los trenes que estaban a punto de tener un accidente grave. A medida que el tren en el lado opuesto de las pistas acercaba más y más empezó a preguntarse si podría ser "El tren fantasma".

En primer lugar, el motor pasaba. El conductor tenía la vista al frente, pero el herrero que alimentaba con carbón el motor empezó a gritar cuando los vio. Entonces, el primer coche de pasajeros pasó. Las personas en él comenzaron a gritar. La gente en su coche se volvió hacia ellos. Todos ellos tenían miradas en blanco en sus caras. Un niño pequeño fue una excepción porque él los saludó.

Se preguntó por qué la gente en su tren estaba tan tranquila cuando vieron al tren en la vía opuesta. ¿No sabían que era el tren fantasma? ¿Fue él el único en su tren que se dio cuenta del peligro que posiblemente podría estar?

Luego, a medida que cada coche de pasajeros pasaba, las personas en el tren opuesto parecían visiblemente molestas. Los dos últimos vagones, en el tren comenzaron a mecerse y cuando llegaron otros 100 yardas de la pista, escuchó el sonido inconfundible de un descarrilamiento de tren. Oyó los gemidos, metálicos retorcidos del tren de la muerte y los gritos de los pasajeros al ver como la parte de la cola del vagón se hacia la derecha y se salía de las pistas.

Se preguntó si ese era el tren fantasma de la leyenda y si así era, fue testigo del accidente legendaria que dejó tantos muertos. Luego, en un movimiento conjunto, él y todos los demás pasajeros en su coche giraron la cabeza y miraron hacia delante. Su mente parecía ahora extrañamente insensible. Era completamente desprovista de pensamiento como el tren siguió rodando sobre un barranco y se fue a 1.000 pies de profundidad sobre la pista en una vía que se había derrumbado 100 años antes y había desaparecido en las brumas del tiempo.

El mostruo Mosh

por Maestros

Las palabras y la melodía por M. Wilkins, música de D. Brewer, M. Nagaoka, P. Eberhardt

VERSO 1

Calificando papeles en mi salón de clases
A altas horas de la noche
Mis ojos contemplaron
Vieron algo que me dio miedo
Las ranas disecadas
Comenzaron a moverse
A medida que el aire acondicionado silbó
Una misteriosa melodía
CORO
Hicieron el mosh
El monstruo Mosh
El mosh
El monstruo Mosh
CORO
Hicieron el mosh
El monstruo Mosh
el mosh
El monstruo Mosh

Verso 2
Objetos animados se extendieron
Desde el edificio de ciencias hasta el este
Para la sala de profesores
Cuando las cucarachas celebraron

El polvo de conejos en la sala
Comenzaron a girar
Se hoyo ruido de los lockers
Siguiendo el sonido

(Repetir coro) PUENTE MUSICAL

Verso 3
Cartones de leche empezaron a bailar
Con la comida de la cafetería
Sonidos de miedo empezaron a llegar
A partir de los cuartos de baño
Todo el lugar parecía embrujado
Pero no me importo
Fue lo más divertido que he me ha sucedido
Desde que empecé a trabajar allí

(Estribillo de la repetición, reemplace "ellos" con
"nosotros" en la línea 1)

La temida Bungadun del Valle de Sangre

Oscura era la noche cuando el Sr. Jones llevó a los veinticinco valientes cazadores de monstruos británicos para que marcharan hacia abajo en el desolado valle de la sangre. El valle de la sangre estaba en el medio del desierto de Gobi a 60 millas de distancia del pueblo más cercano.

Resbaladizo era el camino por el cual ellos marcharon, la niebla que los rodeaba era densa. Obscura era la luz de la luna que iluminaba el suelo que pisaban. Grotesca fue la cara del temido Bungadun del Norte que amenazaba con rasgar, abrir sus estómagos y devorar sus hígados y los riñones, mientras que yacían indefensos gritando sangriento asesinato.

Difícil fue el viaje, ya que comenzó la marcha cerca de la parte inferior de la pendiente estrecha con cientos de obeliscos como rocas picudas que sobresalían, a la espera de una víctima que hiciera un giro falsa o un paso en falso y cayera sobre ellos. Entonces sucedió.

Uno de los cazadores de monstruos perdió el equilibrio y cayo en una roca picuda. Apuñalando su muslo izquierdo. La sangre comenzó a brotar de la herida. Como los tiburones en el agua, los Bungaduns podían oler la sangre en el aire y tres llegaron corriendo por ambos lados del pobre cazador. Otro cazador de monstruos corrió a ayudarlo.

Uno de los Bungaduns arranco de una roca un pico como si fuera un palillo de dientes y apuñaló al hombre valiente le atravesó su ojo derecho. El pico de la roca le atravesó como un puñal el cerebro y la parte trasera de su cráneo. A continuación, el Bungadun sacó el pico hacia fuera y se comió el cerebro del hombre como si fuera una brocheta, mientras que los otros dos Bungaduns le cortaron y abrieron el estómago del hombre y comenzaron masca en el hígado y los riñones.

El ambiente era tenso cuando el Sr. Jones y los otros 23 cazadores británicos de monstruos se dispersaron en grupos de cuatro. Seis nuevos Bungaduns los persiguieron y agarraron a los cazadores de monstruos uno a uno a medida que se separaban de sus grupos.

A continuación, el Sr. Jones estaba solo. ¡Rodeado de los 9 Bungaduns ! Tuvo que pensar en una forma de escapar. Él sacó su pistola y disparó violentamente a los Bungaduns. Ellos resultaron ilesos. Lo miraron amenazadoramente, listo para saltar. Resignado a su destino, él dio una última fumada al cigarrillo y exhaló el humo.

Para su sorpresa, el humo toco a uno de los Bungaduns y este se prendió fuego. Tocó a otro y se incendió también. Hubo siete Bungadun que no les llego el humo. Seis de ellos empezaron a correr cuesta arriba. Los dos que se incendiaron los persiguieron uno de Bungaduns persiguió al señor Jones. Tomó una profunda fumada al cigarrillo y exhaló una bocanada de humo. El Bungadun que lo perseguía se incendió. El Sr. Jones se movió y el Bungadun chocó contra unas rocas picudas y fue atrapado quemándose hasta morir.

Al mirar por la pendiente pudo ver que los otros Bungaduns que estaban corriendo por la colina estallaron en llamas. Él era el único sobreviviente de la jornada y hasta la fecha, el único hombre que ha matado a los temidos Bungadun.

Biographia de Autor
Mark Wilkins
El Narrador

Mark Wilkins, es mejor conocido por sus lectores como El narrador. Él publico la serie de un cuentacuentos de libros para la Edición Internacional de la Fuerza del Amor. A diferencia de la mayoría de las otras series de libros, no se concentra en un personaje en particular o en una línea particular. En cambio, se centra en los libros de historias cortas en varios géneros por un autor en particular (Mark Wilkins). Algunos de los libros en la serie de libros de El Narrador incluyen la ficción seria (una semana de la ficción), la ficción humorística (rebanadas de la vida) y una mezcla de la ficción seria y chistosa y de la no ficción (Confesiones de un salón de clase) y de la ficción sobrenatural La historias de lo supernatural).

Wilkins escribe: Los lectores que disfrutan de mis libros como la lectura que chispea su imaginación. Les gustan las historias con personajes memorables y extravagantes en temas inusuales. Les gustan las vueltas y vueltas inesperadas en la trama. Si alguna de estas cosas que mis lectores disfrutan lo describe, entonces también disfrutará mi escritura.

Me siento cómodo escribiendo en muchos géneros diferentes. Escribo ficción humorística y seria. Algunas de mis historias se basan en hechos verdaderos, otros son totalmente mi invención. Depende de usted, el lector, decidir qué historias se basan en hechos reales y cuáles son completamente mi invención porque no lo estoy diciendo. Me gusta contar historias y trabajo muy duro para que esas historias sean convincentes y entretenidas. Espero que disfrute leer mis libros.

Las rebanadas de la serie Las Rebanadas de la Vida son una colección de historias cortas humorísticas sobre vida. La mayoría de ellos se ocupan de matrimonio y miembros de la familia. Desde los cónyuges inteligentes hasta los pequeños niños inteligentes para los chicos que tratan de impresionar a sus amigos y suegros tratando de dominar la tecnología de cada historia es como una pequeña porción de la vida, pero juntos, constituyen un pastel irresistible. Siéntese, tome una taza de café y disfrute de algunas rebanadas de mentira porque, antes de que usted lo sepa, usted habrá terminado las rebanadas enteras. Hay dos libros en la serie.

Serie de una Semana de Ficción: Cada libro contiene 7 historias inusuales de ficción que explora diferentes aspectos del género. A menudo despótica ya veces surrealista, si quieres historias que nunca olvidarás, solo necesitas contar hasta 7. Hay cuatro volúmenes en la serie.

Serie de Confesiones en el Aula: Una colección de historias, perspectivas y poemas sobre los problemas que enfrentan los maestros, estudiantes y administradores involucrados en la educación pública. Cuestiones como la presión de los compañeros, la gestión del aula, la violencia, las pandillas, la corrupción, el escándalo y el suicidio se tejen a lo largo del tapiz de historias de esta colección. Hay dos libros en la serie.

Historias de la serie sobrenatural: Esta colección de historias cortas te perseguirá y te entretendrá. Ya sea el clásico mal de Un Pedazo de Carbón o la fantasía de El Fantasma en la Casa esta colección de historias cortas y poemas te perseguirá, emocionará y te entretendrá. Hay dos libros en la serie.

Atentamente

Libros en Espanol de Kindle
Por Amor Fuerza Internacional compañia de publicaciónes
Todo ese n Ingles tambien!

Cada Kindle e-book es sólo 99 centavos! (NOS)

Libros de muestreo

La Fuerza Internacional Amor Lector Volumen 1: Diferentes muestras de 7 Libros 3 por differentes autores En Espanol. **ASIN:** B06XB3RJ2K

Libros de no ficción

Controversia: ¿Qué Caitlyn Jenner, Donald Trump, una cura para el SIDA, los hackers chinos, Adolf Hitler y el calentamiento global tienen en común? Todos ellos están en el centro de una controversia y hay historias sobre ellos en este libro único que Voltea a las titulares de los tabloides de adentro hacia afuera. **Autor: El Profeta de la Vida ASIN: B01CRF3098**

Historias Verdaderas de inspiración y interés general ¿Qué hacen los adictos de teléfonos celulares, George Orwell, pájaros, Paul McCartney, el Premio Nobel, el Viernes Negro, Led Zeppelin, basura, una charla, de inflexión, Steve Jobs, Shakespeare, los pensamientos de inspiración y lamadre ¿Qué tienen en común? Estás historias son reales en este libro. Son verdaderas Historias de Inspiración e Interés General reúne cuentos y poemas sobre las celebridades, las tendencias y la gente común. A veces es sorprendente, siempre interesante, que al mismo tiempo le entretendrá y le dará algo en qué pensar. **Autor: El Profeta de la Vida ASIN: B00TXWVNUC**

Verdaderas Historias de Crimen y Castigo:
Este es un libro de historias de crímenes graves arrancadas de los titulares de todo el mundo. De la familia que desapareció a la niña de 11 años muerta en una pelea sobre un muchacho al prisionero que no ha comido en 14 años a la cabeza humana cortada encontrada cerca de la famosa señal de Hollywood, cada historia cuenta sobre el crimen y lo sucedido Al criminal de una manera que te sorprenderá y te dará una pausa para pensar. **Autor: El Profeta de la Vida ASIN: B01N10ND7S**

Como Convertirse en la persona que siempre ha deseado ser.
Un simple personalizado, sistema, la transformación
Es un sistema para ayudar a las personas a transformar sus vidas. Yo quería que fuera simple, fácil de usar y no tomara mucho tiempo, dinero o esfuerzo. Es un simple sistema personalizado de transformación. Tiene ocho sencillos pasos que se mueven a través del proceso. **Autor: Mark Wilkins ASIN: B01MSYVU6R**

Confesiones de un Aula: es una serie de historias reales sobre la experiencia de las líneas de frente de la educación pública. En sus páginas se encontrará con personajes estrafalarios, lo bueno, lo malo y lo más cafeínado. Algunos de ellos son profesores, algunos estudiantes y algunos son administradores. Algunos le hará reír, otros te hará llorar, pero todos ellos desempeñan un papel importante en la educación pública. Sus historias están escritas en forma de entretenimiento y para darle algo en que pensar.
Autor: Mark Wilkins ASIN: B01MSV4N92

Confesiones de un Aula 2: Historias llenas de maestros poco convencionales, estudiantes brillantes, matones, héroes y cartas que traen la realidad de la educación pública con todas sus luchas y glorias ante ustedes. Encontrará personajes memorables como Sr. Manosfelices, la sustituta francesa, el decano Bravo y el gorrón. Directamente de los recuerdos de alguien que estaba allí. Algunos le harán reír, otros le harán llorar. Ellos te entretendrán y te darán algo en que pensar.
Autor: Mark Wilkins ASIN: B06XC9HDQV

Libros sobre la fe

Lo Que La Fe Me ha enseñado: En este volumen repleto, de pensamientos espirituales e inspiradores el autor es un líder, el profeta de la vida comparte su fe, percepciones espirituales y lecciones de la vida que le pueden ayudar, inspirar y orientar hacia una mejor vida. **Autor: El Profeta de la Vida ASIN: B01EE3QSW2**

Inspiración para todos: **Volúmen 1, Inspiración para tu Espíritu.** Escrituras inspiradoras seleccionadas. Si eres de fe o necesitas inspiración en tu vida, este libro lleno de historias inspiradoras, poemas y ensayos te mantendrá y te fortalecerá en tu viaje. **Por El Profeta de la Vida ASIN:** B071JW8XXH

Inspiración para todos: **Volumen 2, Inspiración para tu mente.** Escrituras seleccionadas para inspirar tu mente. Este libro lleno de historias inspiradoras, poemas y ensayos te mantendrá y te fortalecerá en tu viaje. **Autor: El Profeta de la Vida, Mark Wilkins y Dr. Ganso. ASIN:** B072WK9JBH

Citas sobre Dio: Este pequeño libro esta lleno de algunas de las citas mas populares acerca de Dios atribuidas al Profeta de la Vida. Provoca ambos pensamientos e inspiraciones. Esta lleno de docenas de citas sobre Dios que uno puede leer y copiar para uso personal.
Autor: El Profeta de la Vida
ASIN: B01BJXYHLY

Libros de ficción

• **Rebanadas de Vida:** es una colección de cuentos humorísticos sobre la vida. La mayoría de ellos son de los miembros de la familia y del matrimonio. De cónyuges inteligentes, los niños pequeños inteligentes, de chicos tratando de impresionar a sus amigos, de leyes tratando de dominar la tecnología de cada historia es como un pequeño trozo de vida, pero en conjunto, forman un pastel irresistible. Siéntese a tomar una taza de café y disfrutar de algunas rebanadas de Vida. **Autor: Mark Wilkins ASIN: B01BBBZUL0**

Rebanadas de Vida2 : Esta secuela de Rebanadas de la Vida tiene historias más humorísticas sobre los ricos, los pobres y la clase media. Incluso tiene una historia sobre una de sus mascotas. La ignorancia es el tema principal de este libro, la ignorancia que tiene consecuencias que a veces son tocantes pero siempre humorísticas. ¡Así que prepare un poco de café o té, siéntese, relájese y disfrute de otro lote satisfactorio de Rebanadas de la Vida, porque, antes de que usted lo sepa, lo habrá devorado todo en un momento!**Autor: Mark Wilkins ASIN: B06XKP5C66**

Karma: Karma es la historia de un hombre que esta entre dos culturas diferentes, y se opone a la vida opuesta que compiten por su atención. Sus conflictos y luchas son eclipsados por fuerzas cósmicas que él no puede entender. El karma proporciona una visión de las luchas y los conflictos que todos enfrentamos. **Autor: Mark Wilkins. ASIN: B072Z6L36V**

El valor de una semana de ficcion 1: ¿Qué tienen en común los hombres ricos? ¿Una mujer con un sarpullido, un hombre que se convierte en un héroe a través de la violencia, un doctor y un suicida? Todos ellos son personajes de las historias de este libro. Este libro de ficción te da historias que te emocionarán, te sorprenderán y te harán pensar. Si está buscando ficción que es inusual y las historias que se quedarán con usted en los próximos años, sólo tiene que contar hasta 7. **Autor: Mark Wilkins ASIN: B06XVD21PM**

El valor de una semana de ficcion 2: Ya sea una chica luchando contra una corporación por los derechos a su sangre o personas que participan en su lucha de vida o muerte, este segundo volumen de los libros.

Valor de una semana de ficción te da 7 historias que te emocionarán, te sorprenderán y te harán pensar. A menudo disto pica y a veces surrealista, si quieres historias que nunca olvidarás, solo necesitas contar hasta 7.
Autor: Mark Wilkins ASIN: B071GCYFK6

El valor de una semana de ficcion 3: Ya sea un buen alguacil luchando contra los terroristas a 7.000 pies arriba de la tierra, una mujer tratando de vivir la vida al máximo antes de que su belleza se desvanezca o una epidemia que acelera la fabricación de robots, este tercer volumen de una semana de valor de la ficción le da 7 Historias más que te emocionarán, te sorprenderán y te harán pensar. A menudo distó pica y a veces surrealista, si quieres historias que nunca olvidarás, solo necesitas contar hasta 7. **Autor: Mark Wilkins ASIN: B072K6J9HN**

El valor de una semana de ficcion 4: Ya sea un ex tratando de mejorar su vida, un soldado tratando de resolver un misterio, o una persona indígena tratando de luchar contra la discriminación contra la edad, este cuarto volumen de La semana de la ficción te da 7 historias que te emocionarán, te sorprenderán y te harán pensar. A menudo distó pica ya veces surrealista, si quieres historias que nunca olvidarás, solo necesitas contar hasta 7.
Autor: Mark Wilkins ASIN: B071JVQQ96

Historias de lo sobrenatural 1: Un libro de la serie Narrador Volumen 1Fantasmas, criaturas demoníacas, y la muerte. Esta colección de historias cortas lo perseguirá y entretendrá. Ya sea la malvada historia clásica de un trozo de carbón o el capricho de un fantasma en la casa esta colección de cuentos y poemas perseguirá y entretendrá **Autor: Mark Wilkins ASIN: B01MA12YXY**

Historias de lo Sobrenaturale 2
En esta secuela de Historias de lo Sobrenatural hay más fantasmas, criaturas demoníacas y la muerte. Esta colección de relatos cortos centra de fantasmas y monstruos. Dentro de sus páginas te maravillarás con las hazañas de El Coleccionista de Almas, temblará ante la mención del temido Bungadun o el El Infierno Banger y montarás los rieles en el tren fantasma. Correa en sus cinturones de seguridad, va a ser un viaje accidentado! **Autor Mark Wilkins ASIN: B01M4FXDL1**

Libros para niños

Historias clásicas para niños, Que usted probablemente nunca oído Volumen 1: Ya se trate de las aventuras de un pollo que habla, la balada de un hombre peludo, una historia sobre un tipo que tiene gusanos como amigos o una historia infantil clásica actualizada y contada con un giro diferente este conjunto de historias infantiles entretendrán a los niños envejecidos en su familia. **Autor: Dr. Ganso ASIN: B01NAF8QNU**

Historias clásicas de niños, que nunca has escuchado Volumen 2: Esta secuela le da más clásicos desconocidos. El libro da a conocer nuevos personajes como un pequeño pollo cuya vida es similar a la de una persona y una balada sobre un hombre peludo. Hay una historia sobre un príncipe cuya negativa causa un incidente internacional. Incluso hay una versión actualizada de la historia de los niños clásicos que todos conocemos desde puntos de vista de diferentes personajes. **Autor: Dr. Ganso ASIN:**

Niños de la escuela Volumen 1: Seis historias divertidas sobre niños que son más inteligentes para su edad. Dentro de sus páginas se encontrará con un chico cuyo vocabulario es mejor que los adultos de su escuela, un niño que se escapa de una nalgada, un niño que recibe un teléfono celular nuevo con un problema y un hermano y una hermana que aprenden cómo deshacerse de la basura de una tía vieja .Recomendado para niños de 12 a 16 años. **Autor: Mark Wilkins ASIN:**

Niños de la escuela Volumen 2: 9 historias sobre niños que están en la escuela secundaria. Dentro de sus páginas se encontrará con un grupo de niños que se involucran en una guerra de huevos podridos, una niña que no existe, y un niño que envía a un amigo en una cita con su hermana. Recomendado para niños de 14 a 18 años. **Autor: Mark Wilkins ASIN:**

Primer libro de pequeñas fábulas estúpidas: Si la codicia de mooches, los ladrones del almuerzo, los niños sádicos, o las historias extrañas sobre animales domésticos esta primera parte en la serie de historias humor irreverente con la entrega de conclusiones retorcidas sobre el egoísta y el codicioso. Incluso tiene unos pequeños dibujos estúpidos! Para los jóvenes. **Autor: Dr. Ganso ASIN:**

Segundo libro de pequeñas fábulas estúpidas: Ya se trata de abuelas bien intencionadas pero incompetentes, de mujeres egoístas, de niños sádicos o de locos en los centros comerciales, esta segunda parte de episodios de la serie de historias irreverentemente humorísticas que ofrece terminaciones retorcidas sobre los egoístas y los codiciosos. Incluso tiene los dibujos a los que te gusta hacer burla de igual que la primera! Para los menores. **Autor: Dr. Ganso ASIN:**

Libros En Papel

La trilogía de la fe En este volumen repleto, de pensamientos espirituales e inspiradores el autor y un líder de pensamos espiritu, el profeta de la vida comparte su fe, inspiracion y citas sobre dios, Este Trilogía de Fe incluye tres libros llenos de fe: Lo que la fe me ha enseñado, las mejores citas sobre Dios e inspiración para todos: escritos inspirados seleccionados. **Autor: El Profeta de la Vida ISBN-13: 978-1936462520**

www.ingramcontent.com/pod-product-compliance
Lightning Source LLC
Chambersburg PA
CBHW030545130626
46552CB00006B/2438